天使在身边
ANGEL IN SIDE
薄荷薇安◎著
山東文藝出版社

图书在版编目（CIP）数据

天使在身边／薄荷薇安著.—济南：山东文艺出版社，2009.5

（天使盟丛书）

ISBN 978-7-5329-2999-3

Ⅰ. 天… Ⅱ.薄… Ⅲ.长篇小说—中国—当代 Ⅳ. I247.5

中国版本图书馆CIP数据核字（2009）第048581号

主管部门 山东出版集团

集团网址 www.sdpress.com.cn

出版发行 山东文艺出版社

电子邮箱 sdwy@sdpress.com.cn

地　　址 济南经九路胜利大街39号

印　　刷 山东信诚印务有限责任公司

版　　次 2009年5月第1版

2009年5月第1次印刷

规　　格 开本/170×235毫米　16开

印张/12.75　插页/1　千字/171

定　　价 19.00元

目　录 Contents

目 录 Contents

题记

如果我的生命中再也找不到你
我将化成飘浮不定的云
寻找你的踪影

如果我的生命能延续你的快乐
我愿放弃下一次的重生
守护你的美梦

如果我在你的面前变得陌生
我会隐藏哭泣的声音
离开你的天空

如果十年后的某夜星辰
你抬头微笑
我将安慰地闭上眼睛
在天边守护你——
我的公主
……

第一章　香气忘情草

……那是将死的人的生命灯

暗淡的烛光代表他们将会在近期遇到灾难

然后死去……

1.

幽蓝清澈得如同纳木错湖水般的天空中飘浮着棉絮状的云朵，初夏带着阳光热度的微风如恋人修长柔软的手，轻抚着躺在蓝天下的两名少女。

“小葵，你喜欢哪种类型的男生呢？”身穿着水蓝色的上衣，有一头漂亮的长发，名叫小桑的少女侧过头望了身边的好友一眼，语气轻柔，却突兀地问了这么一个问题。

“他要有纯黑色的头发，皮肤白皙但不苍白，眼睛墨黑色，最好是双眼皮。微笑的时候像天使一样。喜欢穿NIKE球鞋。衣服搭配总是白色衬衫和深色裤子。讨厌吃芹菜，对桃子情有独钟。”名叫玖稚葵的女生嘴角掀起淡而温馨的微笑，白皙的脸上盛满的全是向往。

躺在玖稚葵身边的小桑听到她的话愣了一下，有不知名的暗流在眼底淌过。她侧过头去看把手蒙在脸上的小葵：“你……想起他了？”

“想起他？谁？”脸上出现茫然的表情，玖稚葵回给她一个疑惑的眼神。

“没……没什么。只是觉得很奇怪，我只不过是问你喜欢什么类型的男生而已，你却能那么具体地连他的爱好都说出来，好像真的有这么一个人存在一样。”

“对啊。我也觉得好奇怪。不过……你问我的时候，这些真的是脱口而出的啊。我也不知道为什么呢。”

“是吗？”小桑的脸上再次被不自然的神色覆盖，为了掩饰这种不自然，她从地上坐了起来跑到栏杆边，像是转移话题般指着楼下朝玖稚葵大喊，“喂，你过来！我让你看一个人！”

“什么啊……”玖稚葵懒洋洋地爬了起来，凑到小桑的身边，把头往栏杆外探。一个身材修长的背影进入了视线。

“看见没有？那个穿校服头发微长的家伙？是我们班的转学生，漂亮得不可方物呢。不过因为这家伙太漂亮了，漂亮得连性别都是模模糊糊的，所以我们班除了班主任之外，谁也不知道这家伙到底是男生还是女生。”小桑边说边摇晃着脑袋，“呀，我们已经有好多人想办法去弄清楚这个事实了，可惜每次都失败。”

“好笨！去问班主任不就行了！”玖稚葵给了小桑一记白眼。

奇怪，班里什么时候来了个转学生？她怎么不知道呢？

“你才笨呢！要是班主任肯说，我们还费那么多劲干什么？”小桑举起手敲了她的头一下，“哎呀呀，真的好想好想知道呢。”

玖稚葵扬起嘴角微微一笑，眼底闪烁着精光：“不就是想知道性别么？这还不容易？”

“你有办法？”

“办法绝对比你们这些家伙的要高智商得多。”嘴边，带着让人心寒的微笑。

而正缓步朝新教室走去的遇宸——被小桑和玖稚葵模糊了性别的漂亮少年，则像是对即将要发生的事有预感似的，轻微的寒意蹿过他挺直的脊背。

2.

手拿着那杯特别加了“料”的可乐，带着满肚子不怀好意的诡计，玖稚葵冲躲在教室外伸长着脖子使劲朝她眨巴眼睛的小桑露出自信的微笑，慢慢地走到了漂亮少年的面前，开始她的“探测新同学性别问题”的行动。

“同学你好！你是新来的吗？我是班里的学习委员，学习上有什么问题的话可以问我喔，我绝对会尽力帮助你的！喏，为了表示欢迎，我请你喝可乐怎么样？”玖稚葵笑嘻嘻地拎着一杯可乐递到拿着书要离开座位的少年面前，不顾对方满脸寒霜的冷漠样子，自顾自地说得开心。

“我不喜欢喝可乐。”漂亮少年好看的眉毛拧了起来。

“啊？怎么这样子啊。我是好意……你怎么能拒绝呢？”玖稚葵做出一副内伤严重的可怜模样，泪眼涟涟地望着他。

最受不了别人在他面前露出可怜的表情了……

修长的手抬起，他接过杯子开口道："好了。"

"我要看着你喝完。"玖稚葵眼睛眨巴眨巴的，"我怎么知道你会不会在我转身的时候把它倒掉呢？这样可是更伤我心的呀。"

麻烦。

遇宸瞥了站在他面前的女生一眼，仰头喝光杯子里的褐色液体。把空杯子塞回女生的手里，他毫不客气地用手把她往旁边一推："我已经喝完了，可以了吧？"还不等女生开口答话，便拿着课本走出了教室。

把纸杯捏皱扔进垃圾篓里，玖稚葵脸上露出一个炫目的微笑。

"哈哈——待会儿就有好戏看喽。"

3.

冥界的光线总是透着一种让人脊背发冷的幽暗，那种幽幽的蓝色仿佛随时会吞噬人的灵魂。

"小子，你发什么呆啊？还不快点走？要是让别的'人'把位置给抢了你可就要哭了啊。"一个衣裳褴褛的男子推了推表情呆滞地蹲在地上的少年，声音里带着急促。

"走？去哪？"少年微微地仰起头，黑色的瞳孔里带着茫然。

这是一个绝对漂亮的少年。

纯黑色的头发，挺拔的身材，流畅的线条勾勒出少年细致的脸部轮廓，英挺的眉毛下是一双仿佛仲夏夜深邃夜空般的眼眸，白皙的皮肤更让他薄薄的嘴唇显得红润。只是，这样一个漂亮的少年，此刻却毫无生气地蜷缩着身子蹲在地上，在他的眼睛里看不到丝毫的希望与生气，仿佛一个没有灵魂的傀儡。

"笨小子，去投胎！"男子没好气地伸手拉了少年一把，硬生生地将他从地上拽了起来。

"投胎？投什么胎？"

"你不是开玩笑吧？投什么胎？当然是你已经死了去投胎获得重生

的机会啊！”

已经死了去投胎获得重生的机会？

他已经死了吗？

好像……是的……

他已经在一次车祸中死去了。

意识到这样一个问题后，他的脑海里又闪过一幅骇人的车祸画面……

微笑在瞬间幻化成死神即将降临的标志……巨大的黑暗与疼痛席卷了他与小葵……两辆车子的剧烈相撞把他们从车内摔了出去，自己就是因为受伤过重而离开人世的……

那么，小葵呢？和他一起出车祸的小葵……还好么？她是不是还活着呢？应该还活着吧。因为，在冥界那么久，他一直都没有看见她。所以，她应该没有生命危险，是好好地活在世上的吧。

“快点吧，你还发什么愣呢！”这次男子直接伸出手拽着他往奈何桥跑去。

过了奈何桥喝了孟婆汤就好了，前尘往事不再忆起，重新开始新的生活。

“那是什么？”少年被一片暗淡的烛光吸引了，不自觉地停下了脚步望了过去，发现一盏将熄未熄的灯下，居然写着小葵的名字！

“哦……那是将死的人的生命灯，暗淡的烛光代表他们将会在近期遇到灾难，然后死去。”

少年的心被这巨石般的话狠狠地撞击了一下，疼痛在四肢百骸蔓延开来。

他紧紧地盯着那盏火焰微弱的灯，心里翻起惊涛骇浪。

怎么可以呢？小葵不可以死……她应该像公主一样活在世上，得到世上最好的东西，即使他不在她的身边。不行，她不能死。他这辈子不能给她幸福，那么至少要好好保护她活在世上，得到别人所给予的幸福。对，他应该保护她。

“对不起，我不能去投胎。”他挣开男子的手，一脸坚决地望向他，“你知道怎么回到凡间吗？如果知道，那么拜托你告诉我。请你一定要告诉我。”

“你疯了吗？说的什么傻话？！”男子心寒地看着他，那眼神就像在看一个疯子。

“拜托你，我一定要回凡间去。我要保护我的公主。”

“我不能看着你把自己毁掉。”男子缓缓地开口，表明自己不会帮他。

“如果她真的死了，那么，我就真的毁掉了。”少年露出凄然的微笑。

“我不会告诉你的！虽然没跟你相处多久，但我绝对不能看着你把自己送上绝路，这不是我的作风！”男子依旧很坚决地摇头。

“拜托你，这对我来说真的很重要，我真的要回去……她对我来说……非常非常重要，比我自己的命还要重要……我死了她都要好好地活着……”少年的声音低缓了下来，带着可怜的乞求。

“不管你怎么讲，我都不会告诉你的！你死心吧！”虽然听见少年微微颤抖着的嗓音时有瞬间的动容，但最后他还是硬着脖子命令自己不要心软。

“难道你就没有喜欢的人吗？你就没有想要守护的人？”

把耳朵堵了起来，男子退后了几步之后狂奔向相反的方向。

4.

“喂，你所说的好戏怎么还没有上演呢？不是说待会儿要让他的真实性别彻底暴露吗？怎么到现在还一点儿动静都没有啊？”在多媒体教室里最后一排空位上坐下来后，小桑迫不及待地拽着玖稚葵的衣袖嚷嚷了起来。

“嘘——嘘！别喊那么大声啊，时间还没到嘛。”

“喔……那要什么时候啊？”小桑的眉眼间尽是不耐烦的神色。

玖稚葵的目光飘向坐在她们前面的遇宸，脸上的笑容随着他越来越苍白铁青的脸色而扩大。

“马上就行了。”玖稚葵轻笑。

果然，“了”字的尾音才刚在空气里散去，前座的少年就站起身在老师惊愕的目光下旋风般地冲出了教室。

“喂！从后面溜出去跟上他！”丢下这么一句话，玖稚葵快速从教室的后门钻了出去，紧紧跟着那漂亮的少年。

“你到底在玩什么把戏啊？”紧跟在一脸神秘的玖稚葵身后，小桑感觉自己的神经都紧张得快要绷断了。这丫头到底在卖什么关子啊？

“不——要——吵！”玖稚葵闷着的脸终于在看见下一秒景象的时候舒展了开来。她得意洋洋地举起左手往少年身影消失的男厕所门口一指，“哈哈——这下知道了！他——男的！”

“天呐！你该不会是……”小桑脸上露出了惊恐的表情。

“该不会是什么？”罪魁祸首露出无辜的可爱表情耸耸肩，“我只不过在给他喝的可乐里加了一些白白的，俗名叫‘泻药’的东西而已。”

“果然是你的风格啊。”无奈的笑。

“你这个学习委员还真是称职。”清脆的女生嗓音里突然突兀地出现男生低沉的声音。玖稚葵心里一惊，视线慢慢地从小桑的脸移到男厕所的门口，她看见了一张漂亮得让人窒息的脸孔。

“呵呵呵呵——谢谢夸奖啊——”顺畅的答话，少女的掌心却沁出细密的汗珠。

遇宸铁青着一张脸走到了一副“我才不怕你报复”表情的玖稚葵的面前，高高地抬起了他的手——

他该不会是要打她吧？！

小桑的“别”字还卡在喉咙里，遇宸的手就落在了玖稚葵的发上，修长的手指微微一用力，居然将她扎着头发的小兔子发圈给摘了下来。

“你！干什么？！”女生的语气微愠，抬手按住了要散下来的长发。

“惩罚。”丢下简单的两个字，遇宸迈开长腿走下了楼梯。

“好酷。”愣了好半天的小桑艰难地从嗓子里挤出这么两个字。

用手整理了一下披下来的长发，玖稚葵一脸寒霜地盯着他消失在楼梯口。

那家伙……凭什么拿走她的小兔子发圈？！那么重要的东西……难道他不知道这会让她很伤心吗？

很伤心？

她被脑海里突然出现的三个字吓了一跳。

只是一个普通的小兔子发圈啊。怎么会很重要呢？难道，这是什么特别的人送给她的？如果是，那么这个人到底是谁呢？为什么她一点儿印象也没有？

好奇怪的感觉啊。

为什么……她会突然有种自己丢失了生命中很重要的一部分的感觉呢？

第二章 同心生死结

如果我能在扯开你的时候力气小一点

那么你就不会把膝盖摔破了吧？你现在还疼吗？

对不起……真的对不起……

1.

“你这小子还真是不怕死啊。”坐在冥王殿上的冥王，冷冷地盯着满身血污地伏在地上的少年，语气冰冷得像是要将人冻成冰柱。

不知道是因为受伤太重没力气回答，还是懒得回答，少年只是安静地伏在地上没有丝毫声响。

冥王挑了挑眉：“你居然妄想要改掉生死册！你知不知道这足以让你永不超生？”

少年依旧是不声不响。

“可恶！我还从来没见过你这种嚣张的小子！”冥王被他的沉默激怒了，猛地拍了一下桌子站起身，像是要对他进行惩罚。

“等——等一下！殿下，请您息怒！”就在冥王要下令惩罚那可怜的少年的时候，一个男子冒冒失失地不知道从哪个角落里冲了出来挡在少年的面前，跪倒在地。

“嗯？”

“这小子是太年轻太冲动了……请……请您放过他吧！他也只是太在乎那女孩了……所以，请您看在真情的分上，放过他吧！我会好好地说服他，让他安分地去投胎，不做他想的，请您相信我！”男子跪在地上朝冥王磕了一个又一个头，极力为少年说着好话。

冥王铁青着脸半天没有说话，像是在思考放掉他到底值不值得。

“殿下，您就放过他吧……他这样的年纪……也只是一个孩子啊！孩子的错，能原谅的，不是么？”男子依旧尽心尽力地哀求着冥王。

“快点把他带走！”沉默了好一会儿，冥王才挥挥衣袖丢出这么一句话。

“谢谢殿下！”得到冥王的赦免，男子开心地连连朝他磕了好几个响头，然后才小心翼翼地扶起瘫软在地上的少年，退出冥王殿。

“你这个臭小子！你真的是不要命了吗？”男子把他扶到一个台阶上坐了下来，然后气急败坏地冲他大吼。

“我早就没命了。”气若游丝的回答。

“你！”

“没关系，我一定会成功的。”少年的嘴角露出微笑。

“你别告诉我你还想去！”男子感觉头上的青筋已经暴起来了。

“是。”黑色清澈纯净的眼眸看着男子的脸，给了他一个肯定的回答。

“不要胡闹行不行？你觉得这样很好玩？”

“我只是要保护我的公主，我必须要保护她。”

“甚至不惜牺牲自己的生命吗？”

“对。”更坚定的回答。

一直干瞪着眼睛望着少年的男子最终还是和缓了下来，他轻轻地叹了一口气：“好吧。我告诉你怎么回凡间，不管怎么说，这都比直接去冥王那儿偷改生死册要安全得多，但是……并不代表没有危险，相反……这极有可能会让你灰飞烟灭……”

“我不在乎。”少年苍白的脸上出现喜色。

“灰飞烟灭啊……也不在乎吗？”男子吃惊。

少年的嘴角弯成微笑：“为了她，就算灰飞烟灭，我也微笑着接受。”

2.

就像是丢失了很重要的东西般的心痛。

没错。那天那个转学生在男厕所门口摘掉她头上的小兔子发圈的时候，她的心就像一下子被人掏空了似的，风在空荡荡的胸腔里横冲直撞，那瞬间仅有的感觉，只是，疼痛。

到底为什么会有那种感觉呢？玖稚葵抬起手拍了拍微疼的额头，像是要把这个莫名出现的问题拍掉。

眼睛的余光瞄到左手手腕上的表，上面显示的钟点让她愣了一下，然后才蓦地想到——

“今天的《犬夜叉》好像是六点钟开始播吧？要快点回家才行呢……”玖稚葵这才焦急了起来，三口两口吃光刚刚在学校门口买的甜筒便想冲过马路，压根没留意到左边快速冲过来的货车……

“叭叭叭叭——”货车朝着站在路中央的少女直冲而来，货车司机大吼大叫着的同时还死命地摁着喇叭，可惜玖稚葵已经被这突如其来的状况吓得呆在了原地。

心里想着“这下完了要去见上帝了”的玖稚葵忽然感到有一股强大的力量扯着她的裤子把她往路边带去，力道很猛，她躲过那呼啸的货车后狠狠地栽在了地上。

“好痛……”从地上爬起来后，玖稚葵嘴巴里能挤出来的就是这么两个带着哭腔的字，然后下意识地望向自己的“救命恩人”。

在反应过来自己是被救了之后的十几秒钟里，玖稚葵幻想过她的救命恩人，也许会是一个中年的大婶，又或者是一个与她同龄的男生……她幻想千百种的人，却没想到……救的她，居然会是一只狗！

但是，事实证明，那个有着白色长毛的，四条腿着地的生物，的确是狗没错。

可是，狗……救人？这会不会太扯了？

“是狗狗你救了我？”问题才刚出口玖稚葵就恨不得咬掉自己的舌头了。这个问题还真蠢啊……她怎么能指望一只狗听懂她的话，并且还给她回答啊。

但，那只狗居然像听懂了似的微微点了一下它的大脑袋。

不——会——吧？！它居然真的听懂了？！

玖稚葵清澈的大眼睛里闪烁着“不可思议”四个大大的字，愣了好几分钟后才伸出手摸了摸狗狗毛茸茸的脑袋：“真……真的啊？哈哈……真是一只聪明又伟大的狗狗，谢……谢谢你了。”

狗狗像是听懂了她的话一般，乖巧地用脑袋蹭了她的手一下，又用嘴巴去咬她的裤子，笨拙地将她的裤脚一点一点地拉高，露出裤子底下擦伤的皮肤。

"你怎么知道我受伤了呢？"玖稚葵感到更不可思议了，这只狗该不会是什么通灵的狗吧？

狗狗抬起头看了她一眼，低下头伸出舌头开始舔她的伤口。湿润的感觉在她的膝盖处蔓延开，周围的气氛突然有种连她也说不出来的奇怪。

"狗狗，你是不是会通灵啊？"玖稚葵忽然把嘴巴贴到狗狗的耳边，轻声地问。

仿佛听懂了她的话，狗狗舔舐的动作停了下来。她惊讶地发现，狗狗的眼角居然滑下两行透明的泪滴。

它，哭了。

"狗狗，你哭了吗？你……真的是在哭吗？"玖稚葵颤抖着抬起手想要拭去它眼底的泪的时候，它忽然弓起身子闪到了对面的马路上，快速地消失在了街道的拐角。

好奇怪的狗狗……像是有什么心事一样呢。

带着一连串的疑惑一拐一拐地回到家里，玖稚葵一回到家里就扯着嗓子冲在厨房里忙活的妈妈鬼叫："玖太太！快点出来！你的宝贝女儿负伤了！"

"怎么了怎么了？"满脸油光的家庭主妇举着勺子从厨房冲了出来，抓住女儿的肩膀就开始猛地摇晃，"怎么受伤了？"

"被车撞了……"

"什么！"尖叫响起。

"差点儿。"少女脸上是恶作剧的笑。

"臭丫头，你想吓死妈妈吗？"手在不乖的女儿的脑门上敲了一下，玖太太明显地松了一口气。

"不过是真的有伤啦！喏——要不是有只狗狗救了我，我真的就成了车轮下的亡魂呢。"拉高裤脚让妈妈看她膝盖上血淋淋的伤口，玖稚葵的语气里尽是劫后余生的庆幸。

"来来，坐下来让妈妈给你上药。"玖太太把她按到沙发上，然后转身去房间里拿医药箱。

“你刚刚说是谁救了你？”拿了医药箱回来的玖太太在帮女儿上药的时候又问了一句。

“刚才不是说了嘛，狗狗呀，是一只狗狗救了我。”

“什么？”玖太太上药的手停了一下，眼睛里满是不相信。

“很不可思议吧，但是的确是那样子呢。而且……那只狗狗还帮我处理伤口了。虽然只是用嘴巴来舔，可是它好像很在乎我呢……还有喔，它居然还哭了！真的哭了！当我问它是不是哭了的时候，它很仓皇地跑掉了。”

“是吗？”玖太太僵硬地微笑了一下，“真是只见义勇为的狗狗啊。”

“我也觉得是。”

“好了，药上好了。你回房间里躺着休息一下吧。”包扎好伤口之后，玖太太将女儿扶到了房间里，替她带上门让她好好休息。

仰躺在床上，玖稚葵还在想那只奇怪的狗。

狗也会哭的吗？她还是第一次看见狗哭呢，而且还是在那么奇怪的一个场景下。难道那只狗是心疼她受了伤？不会吧？它只是一个畜生啊。怎么会有人的感情呢？

可是，它，的确是哭了啊。

这到底是为什么呢？

从狗狗的身体里脱离出来，索亦安无力地靠在了墙上。

下午在马路上的一幕不断地在他的面前上演。小葵疑惑的表情一次又一次滑过他的眼前。她的发、她的脸、她的眼睛、她柔软的声音……她的一切，他都是那么想念。看见她即将被车撞上的时候，他吓得几乎要魂飞魄散，急急忙忙钻进一只流浪狗的身体里将她带离危险，他的心才稍稍地安定了下来。

当她喊疼的时候，他的五脏六腑都揪紧了起来。

公主，你疼吗？很疼很疼吗？

对不起。我不是一个称职的骑士。我没能保护好你。都怪我。如果我能在扯开你的时候力气小一点，那么你就不会把膝盖摔破了吧？你现在还疼吗？对不起……真的对不起……

3.

刺破云层的光线穿越敞开的窗子斜斜地洒到了伏在桌子上唉声叹气的女生身上，勾勒出一个淡粉色的轮廓。

“又倒霉了吧？”把手中的笔丢开，脸压在桌子上，女生蠕动着嘴唇吐出了这么一句话。

嗯嗯嗯，肯定是又倒霉了。不然的话，怎么会才摔破膝盖不久，就又遇上一连串的倒霉事呢？她甚至都要怀疑最近是不是被衰神附了身。如果不是被衰神附了身，那怎么会每天都有新的状况出现在她的身上呢？

大前天是削水果的时候，稍稍地走了下神就差点儿把自己的食指给削掉；前天是从楼梯上跌下来，差点儿把脑袋撞扁；昨天更可怕！好端端地走在路上，从天而降一大盆花，差点儿直接将她砸进天堂。

那么今天呢？！今天又会有什么新的状况出现呢？很变态地说，她倒是很期待今天衰神还能给她捣鼓出什么新花样来啊。

不过这些事件都是“差点儿”才发生的。意思就是，她总是能躲过这莫名其妙的劫数，而且莫名其妙得有点可怕……

前天从楼梯上跌下来的时候四周是一个人都没有的，只有一张竖在墙边的席梦思。在她滚下楼梯撞向墙的时候，她的脑袋居然撞在了一张席梦思上！这实在是很奇怪很诡异的事，虽然那一撞让她的脑袋发晕，可她也没忘记那张席梦思原本所在的位置，它曾是那么真真切切地在左边，而玖稚葵是撞向右边的墙，根本就是两个相反的方向啊！这简直是无论怎么想都想不通的。

这事情还不算诡异，更诡异的是昨天差点儿被花盆砸到的事。那盆花，明明是非常准确地往她脑袋上落的，可是当马上要砸中她脑袋的时候，它却改变了方向，砸向一边的灯柱。这一切只能用两个字来解释——

诡异!

“难道说……有天使在守护我？”咬了咬笔杆儿，玖稚葵的脑海里突然蹦出了这么一个想法。

关于这几天发生的事的想法太多，以至于考试收卷铃响了也没有察觉到，直到压在手臂下的试卷被人用力地扯走了，玖稚葵神游天外的神智才猛地回到身体里。

“喂！你干什么？”玖稚葵皱着眉头瞪了一眼手拿住她试卷的遇宸，眼睛很警觉地眯了起来。

“帮你交试卷。”

“我还没有做完！才不用你假好心！”说不定是在思忖着怎么报复她呢吧?

“做不完也要交，收卷铃已经响了。”不顾玖稚葵的阻拦，遇宸拿着她的试卷三步两步就走上了讲台，潇洒地往老师面前那叠卷子里一放，转身朝她露出淡淡的微笑。

可恶。那家伙明知道她还没有做完的！他是想害自己被老师骂吧?身为学习委员，却在两个小时内连张试卷都做不完……这的确是很狠的一招。借刀杀人……

不过他怎么一直在讲台上赖着不下来呢?而且还笑得那么诡异……该不会后面还有什么不好的事发生吧?

果然如她所料，遇宸笑着走到教室角落里的垃圾篓边上，揉了一团东西扔进了垃圾篓里。

那个团成一团的东西……该不会是她的试卷吧?

猛地将笔拍在桌子上，她冲到垃圾篓前抓起那团皱巴巴的纸展开，在姓名栏看见了“玖稚葵”三个字……

“你！”她真的想不到，一个长得人貌人样的家伙，居然会做这么卑鄙的事！

“我什么？我很好。”遇宸耸了耸肩，绕过挡在他面前的玖稚葵，回到自己的座位上。

很好。

她终于知道为什么这些天她都那么倒霉了。

是——因——为——遇——上——遇——宸——这——个——千——年——大——扫——把——星！

她迟早会连本带利地要回来的……迟早！

4.

被遇宸那个臭小子气得呛了一肚子的气，玖稚葵气冲冲地回到家洗了一个冷水澡后才稍稍地平静了一些，换上干净舒适的居家服，从冰箱里拿了一盘已经切好的西瓜后坐到电视机前，一边看着电视里正播放的《未解之谜》，一边“嚓嚓嚓”地大嚼着西瓜。

“所以，请相信……每个人的身边，都有一个守护你的天使。”节目的最后，主持人微笑着望着镜头温柔地说了这么一句话，然后电视屏幕上便出现了“谢谢您收看本节目”的字幕。

“玖太太——”关掉电视，把盘子里最后的一小块西瓜吃完，玖稚葵转身趴在沙发上喊正拿着抹布擦桌子的妈妈，“世界上真的有天使对不对？”

“怎么突然问起这个来了？”

“那是因为……我觉得这几天一直都有天使在保护我啊。”玖稚葵兴奋地将这几天的经历详细地给妈妈说了一遍，“真的好神奇啊——”

“瞎说。世界上怎么可能有天使呢。”玖太太无奈地笑。

“刚刚电视节目都在说啊。”玖稚葵学起电视节目里女主人腻人的娇态，“所以，请相信……每个人的身边，都有一个守护你的天使喔——”

“那说不定只是凑巧而已……对了，你有没有要换洗的衣服？去房间里拿出来我帮你一起洗了吧——”

“好——”欢快地应了一声，玖稚葵蹦蹦跳跳回到房间里开始把那几天堆起来的衣服收拾好，准备拿出去给妈妈洗。

“啪嗒——”抱起堆在床尾的衣服时，衣服堆里突然掉下了一张小卡片。是那种粉红色做封面的普通小卡片，卡片的角有些发卷起毛，看来，应该是有些日子的了。可是，这样的卡片怎么会在她的衣服堆里呢？她记得她没有收过这样的卡片啊。

把衣服放了下来，玖稚葵弯身捡起了那张小卡片，轻轻地翻了开来——

索亦安要做玖稚葵一辈子的王子。

玖稚葵稍稍愣了一下。

索亦安？感觉好熟悉……

她飞快地在脑海里搜索着关于“索亦安”的信息，但是，搜索结果为——零。

好奇怪啊。明明是不认识的人，怎么还会有种那么强烈的熟悉感呢？还有，既然是不认识的人，怎么会写那么暧昧的句子呢？难道是暗恋她的人偷偷塞给她的？

“小葵？还没好吗？”玖太太的声音隔着一道门传了过来。

“等一下——”手里还拿着那张莫名出现的小卡片，玖稚葵抱着要换洗的衣服走出了房间。

“怎么那么久？”玖太太接过女儿手中的衣服，语气有些埋怨。

“我在研究一个很奇怪的东西。”玖稚葵扬了扬手中的卡片，“妈妈你知道索亦安吗？这张卡片是他送给我的……我感觉这个名字好熟悉，可是，想不起来了呢。”

“什么？！”乍一听到“索亦安”三个字的时候，玖太太抱了满手的衣服掉落了一地。

"怎么了？玖太太……你认识他？"

"没……没有。上面写了什么？"收拾好脸上流露出来的慌乱表情，玖太太勉强地冲女儿露出苍白的笑容。

怎么会这样？关于他的事……似乎正一点一点地浮出水面……再这样下去，难保不会让小葵产生怀疑……

可是他不是已经……

是她多想了吧？

"喏——'索亦安要做玖稚葵一辈子的王子'。看起来……应该是个喜欢我的家伙吧，哈哈，想不到我还很有魅力呢。"没看到妈妈脸上异样的表情，玖稚葵说笑起来。

"呵呵——是啊。也许只是一个暗恋你的男孩子呢。不要多想了，别理他，要好好学习，知道吗？"知道玖稚葵没想起关于"他"的事，玖太太明显地松了一口气，丢下一句话后便抱起衣服往洗手间走去了。

真的只是一个暗恋她的男孩子吗？玖稚葵脸上的笑痕淡了下来。

也许，也不一定呢……

5.

"知不知道你现在所做的将会害死你自己？"在冥界某个阴暗的角落里，两个修长的影子将一个透明的身影死死地堵住。

"我不是已经死了吗？"索亦安脸上尽是淡然的神色。

"我说的是，你再这么固执地在凡间逗留，为那女孩改变命运，将会害你魂飞魄散，你听懂了没有？"名叫月罗的守护使者束着银色长发，漂亮的脸上浮现冷冷的微笑，说话的语调拔高了起来，尖锐的眼神扣紧在少年透明的脸上。

"我不在乎。"

"你……"另一个红色长发披肩名叫星河的使者气结，找不到继续骂他的话。可这少年的确愚蠢，不是吗？

"好，那是你的事，现在我们要执行任务，将你带回冥界，你乖乖地跟我们回去吧。”

“不可能。”

“不要逼我们动粗……”月罗像是在极力压抑心中的怒火。

“我只是想保护我的公主，妨碍你们了吗？”少年的脸上出现落寞的神色，肩部一抖一抖的，像是在低泣。

星河脸色难看地望了身旁的月罗：“喂，我们是不是太不近人情了？”

“说什么混账话？我们是鬼！鬼！你要鬼讲人情？”

要一只鬼讲人情……

的确是……很……

拌嘴的两只鬼没发现角落里少年的异常，等他们都平静下来的时候，才猛地发现角落里早就连鬼影都没有了。

可恶……又被他逃掉了！月罗恨恨地捏了一下拳头，把头转向星河：“都怪你！跟他讲什么人情啊？又被他逃掉了！这样老是我们追，要抓到什么时候？”

“可是他讲那句话的时候，表情是让人很心软嘛。”

“你也知道是让人心软？你是鬼啊！再说，我们是为了他好！他再这么耗下去，会灰飞烟灭的！”

“可是他……他……”

“他你个头啦！赶紧去抓啊！都怪你！老是感情用事，都不知道你怎么当上守护使者的！老实说你是不是靠关系才当上的啊？”

“够了你……这有什么好靠关系的？”

“谁知道你啊？白痴一只……”

仓皇从那两个守护使者的眼皮底下逃出来，索亦安惊魂未定地躲在一面墙的后面喘着粗气。

把气喘匀之后，他的嘴角露出淡淡的笑。那两个家伙……应该也不是真的想要抓他吧？如果真的想要抓，怎么可能会那么容易就让他溜走了呢？说来，还应该感谢他们呢……

“公主。想要保护你……还真的不是简单的任务呢……”轻呼了一口气，少年漂亮的唇里轻轻地吐出轻柔的一句话。

生死册里写着小葵的元寿在明年七月三日耗尽，意思就是……只要他在这段时间里一直守护着小葵不让她出事，直到她平安地度过明年七月三日，他才能安然地抽身离开她。

小葵，我会加油守护在你身边的……只是，你还记得我吗？还记得……曾经说过要做你一辈子的王子的索亦安吗？

索亦安刚转身迈开腿要走，他的身侧便出现了一个熟悉的身影，还没等他反应过来，那个站在他面前的人便率先开了口：“亦安……你，还好吗？”

目光掠过那熟悉的脸，挂在唇边温暖甜美的笑，及肩的长发。面前这个人倒映在他瞳孔里的一切都是那么的熟悉，熟悉到他清澈的墨色眼瞳里润出水雾，心像被什么狠狠地撞了一下，在胸腔里发出巨大的回响。

是……小葵吗？真的是她吗？不！肯定不是小葵！他已经是死去的人了啊！还是凡人的小葵怎么可能看得见他呢？

可是……现在站在他面前的人分明就是小葵的模样啊！他是绝对不会将别人错认为小葵的！那可是他喜欢着的女生啊！他怎么可能认错她呢？

“怎么了？怎么不说话啊？”微笑着的玖稚葵在得不到索亦安的回答后轻轻地蹙起了眉头，脸上有着疑惑不解的表情。

“你，是玖稚葵？”不确定的语气。

“亦安……你连我也不记得了么？我是你的小葵啊！”

“可是……你怎么会看得见我？怎么可能……这是不可能的事啊……”

听了索亦安的话后玖稚葵慢慢地低下头了，他看见一滴晶莹的泪珠从她的眼中落下砸在了水泥地板上，溅起了细小的水花。

“我知道……我知道……你已经……”讲到这儿的时候，玖稚葵低声地哭了，“是那个懂巫术的婆婆告诉我的。因为我总是做一些关于你的梦，每次都被那些梦缠绕得整夜不能入眠，于是就去找了婆婆，那个婆婆就告诉我你的事了……对不起……之前把你忘记得那么彻底……现在才记起你……真的很抱歉……”

她哭得双眼通红，索亦安的心也跟着揪了起来，他缓缓地抬起手，想要将她拥到怀里，却只拥到了一把空气。

望着空落落的掌心，更汹涌的疼痛瞬间便将他完全覆盖，只能僵着半抬在空中的手，任玖稚葵落泪。

“我们……已经再也不能拥抱了吗？”声音里带着浓浓的鼻音，玖稚葵被泪水模糊了的眼睛闪过一丝受伤的神色。

“是……”肯定的字眼艰难地从他的嘴巴里吐出，仿佛一把尖锐的刀子猛地刺入他的心脏，涌出汩汩的鲜血。

玖稚葵的身子慢慢地低下去，最后像个饭团似的蹲在了地上，娇小的身子因哭泣而剧烈地抖动着。

“再也不能了吗……那些属于你的温暖……我也不能再拥有了吗……”断断续续的句子从少女的手臂下面闷闷地传了出来，每个字都颤抖着。陈述这样一个事实，足以让她的心痛得如撕裂一般。

“小葵……”同样难过的声音响起，但更多的是心疼。

抱着身体蹲在地上的玖稚葵静寂了一会儿之后忽然抬起头，用她澄澈的眼睛直直地望着索亦安：“我们还能互相喜欢的对吧？”

被问得愣了一下，索亦安好一会儿才反应过来，回答了“当然”两个字。

“即使我们已经人鬼殊途了，还是能像以前一样很喜欢对方，是吗？”

“我会一直喜欢你，并且守护着你的，直至我灰飞烟灭的那天。”

像是得到了最可靠的保证，少女的唇边露出淡淡的笑，流转着七彩的光华。她从地上站了起来，挺直身子，以最美的微笑面向索亦安：“那么，就没有可怕的了。因为，我们还是互相喜欢着的啊！就算是最锐利的剑，也不能将我们分开！只要我们还是彼此喜欢着，一切就都不重要了！”

索亦安嘴边的笑意直达眼底：“没错。你说的，很对。”

“亦安，你为什么会在这里呢？你不是应该在冥界吗？”

“我是为了你才回到凡间的，至于到底是什么事，你就不需要知道了，反正完成使命后，我会回到冥界去的。”不想让她知道她正处在危险之中，索亦安只是稍微地解释了一下便不再继续这个话题了。

“这样子吗？”玖稚葵歪了一下头，“那么，最终你还是要回去的对吧？那也没错……你也应该要开始新的生命的……那个，是叫投胎吧？”

“对，迟早有一天，会离开你的呢。”虽然是微笑着说这句话的，但少年的眼底却闪过悲伤的神色，伸出的右手沿着玖稚葵的头发抚了抚，仿佛真的触碰到了她一样。

玖稚葵也伸出手做出要握住他的手的动作，微微地低了一下眼睑：“既然这样的话，那么让我们珍惜还在一起的日子好吗？让我们开心地在一起……在分开之前……在你开始新生命之前……让我，好好地和你在一起，可以吗？”

“小葵……”索亦安漂亮的眼睛再次润出泪水来，“可是，我只是一个魂魄啊……我们怎么能……”

“这个世界上没有什么是不可能的！只有想，或者不想！”少女的声音坚定无比。

“可是……”

“没有可是！亦安，让我们继续在一起吧！”

“真的可以吗？”索亦安的心已经有些动摇了。不管怎么说，他还是希望能和喜欢的小葵在一起啊！只是碍于他异于常人的身份才离开她而已。并且，他也不知道，身为魂魄的他，会不会给凡人的她带来什么坏的影响。

“当然可以！”

“那么……就继续在一起吧……”

索亦安的这番话出口后，玖稚葵的脸上才露出彻底放松的笑容：“那么，今天晚上，我们约在松高山上看星星好不好？八点吧！”

眼底盛满了宠溺，少年笑笑。

“记得喔！八点，松高山的山顶见！”留下一句嘱咐的话后，玖稚葵哼着轻快的曲子转身离开了。

望着玖稚葵渐渐消失的身影，索亦安连日来不安的心终于安静了下来。

真想不到，会在这里遇到小葵啊！也想不到，她居然能够看到他并且还执意要和他继续在一起。

脑海里重新浮现出少女坚定的神情与坚持的语气，索亦安的嘴角弯成了微笑。

果然是小葵的作风呢，还是像以前一样可爱啊。

思绪回到玖稚葵的安全问题上，他的眉头还是轻轻地拢了起来，但却没有之前一样的担心了。

现在的他，可以时刻陪在她身边了，所以，应该不会再有什么问题了吧？

亲爱的公主，虽然我没有剑，但我依然可以继续保护你不受丝毫的伤害……

第三章 仲夏夜之梦

FLY AWAY/无穷无尽是你深邃的眼睛
看着你/就可以让我茫茫人海里感到安定
FLY AWAY/让我不顾一切无止境追寻
有一个人/有一颗心/早已经默默之中在那里……

1.

站在松高山的山顶上俯瞰脚下灯火辉煌的城市，索亦安的心在夜风的吹拂下渐渐地变得宁静。

以前似乎也跟小葵在山顶上看过星星！

那时候的她看到天空中有流星闪过，还天真地问他是不是对着流星许愿愿望就真的可以实现。

他记得他是笑着捏了她的鼻子说了这样的一句话："傻瓜，只要诚心诚意，当然可以实现啊。"

她的笑容，他是无论如何也忘不了的。

那是怎样的一种甜蜜和天真啊。

囊括了他今生的幸福与寄托，仿佛他一辈子的信仰。

"亦安，你果然很准时呢。"当索亦安正沉浸在回忆的漩涡里无法自拔的时候，玖稚葵清脆的声音将他从回忆的迷雾里拉了回来。

回过身，瞳孔里倒影出熟悉的身影，索亦安挑起嘴角笑了笑，然后仰头望向浩渺深邃的夜空："今天晚上的月亮好圆好大啊，虽然没有星星，但看月亮也很不错呢。"

玖稚葵也跟着仰起头望向了夜空，用一种异样的声音说着："对啊。的确是很漂亮的夜空啊。"

"小葵，你的声音怎么……"察觉到玖稚葵声音的异样，索亦安担心地望向她，"是不是风太大着凉了？你的声音有点奇怪呢。"

"有吗？我的声音本来就是这个样子的呀，亦安。"玖稚葵的声音越发古怪了，带着一种腻人的鼻音。更奇怪的是，她的眼底闪烁着诡异的红光。

"你到底是谁？"不好的预感闪过脑海，索亦安警惕地退后了几步与"玖稚葵"拉开了距离。

"哈哈哈哈哈！还是被你看出来了呀，我还以为我伪装得很好呢！哎呀，看来我还是得再修炼一下才行呢！不过这也不重要了，总算把你骗到这儿来了。好吧，就让你消失之前知道自己到底是为什么消失的吧！这样，你的怨气，也不会那么大了吧？”“玖稚葵”仰头尖锐地笑了几声后以真实的面孔面向索亦安，脸上尽是得意的神色，“你可是我第99只猎物啊。只要吸了你的元神，就可以增强我的功力啦！反正你也是一只无主孤魂，那还不如让我获益，这样，你也算是做了一件好事呀！”

“那么说，你不是小葵？”

“我当然不是那个什么小葵啦！我是我！风铃女妖！”有着赤红双眼的少女再次猖狂地笑了起来，“现在你什么都明白了吧？可以乖乖地任我处置了吧？”

“你休想！”在听到她亲口否认自己就是玖稚葵的时候，索亦安心里忽然涌出的失落如玻璃碎片般狠狠地砸疼了他的心。

“这已经不是你能决定的事情了，你乖乖地不反抗或许还能不那么痛苦，但如果你执意要挣扎的话，那我可就不敢保证会有什么样的痛苦出现在你的身上了啊！”赤眼少女脸上出现了不耐烦的神情，缓缓抬起的手迸发出骇人的红光，直直地射向站在十米开外的索亦安。

索亦安只是一个魂魄，并没有什么修行，所以也自然没有很大的能力去抵挡风铃女妖了。虽然照目前的情况看来他还不至于有危险，但防御躲避并不是上策，时间一长，他的体力耗尽后，一样会落入女妖的手中。

险险地闪过几次女妖的攻击，索亦安已经感到有些力不从心了，当女妖再次狞笑着将红光射向他的时候，他除了无奈地闭上眼睛之外，就再也没有别的办法了。

就在他以为要消失的时候，一道白色的身影忽然替他挡去了那道致命的红光，而另外一个黑色的身影则闪到他的身边钳住他的手臂将到他拖到安全的地方，然后加入攻击女妖的战斗。

微微地抬起眼皮望向那两道熟悉的身影，索亦安不知道此刻是该高兴守护使者的及时出现，还是该叹息自己再次被他们抓住的倒霉。

轻松地解决了那只女妖后，月罗和星河面无表情地走到了半跪在地上的索亦安面前。

“你这个臭小子为什么就是学不乖啊？你以为你是谁？你只是一个魂魄！一个连自己都保护不好的魂魄你逞什么强跑到凡间来啊？如果今天不是我跟月罗这家伙追踪到这儿来，你早就成那只女妖的祭品了！”星河没好气地看着有气无力地耷拉着头的索亦安，伸手拽了他一把。

“我……没事……”只要一出现大动作就会全身呈透明状是魂魄最大的弱点，所以索亦安才会一副快要消失在天地人三界的虚弱模样。

“还没事没事！你看你现在是什么鬼样子！”星河最受不了他的口是心非，如果不是他现在极度虚弱，他一定狠狠地打他一拳。

“你那么多废话干什么？直接抓他回去交差了事！”月罗才不像星河那么婆婆妈妈，拿出铁链就要往索亦安的手上套。

“不要！不要……”虽然身体还是使不上力，但索亦安还是下意识地往后挪动身子，“为什么你们一定要抓我回冥界呢？我在凡间不会害人的啊……我只是……我只是想完成我的使命而已……为什么……一定要阻止我呢？为什么……”

“笑话！你一个魂魄能有什么使命？你是生存在冥界的，归冥王管辖，不抓你回冥界难道任由你浪迹在人间吗？那岂不是要破坏规矩？”月罗笑道。

“等我完成使命，我自然会回到冥界去的。请你们……宽容一下……好吗？”少年的声音里全是乞求。

“不可能！”声音响亮地给了索亦安一个否定的答案后，月罗将铁链套到了他的手上，“走！”

“求求你们！就算不能让我一直留在这里，那么……至少，至少让我先做完一件事吧？求求你们！只要做完了这件事……我就乖乖地跟你们回去……”索亦安还在做最后的挣扎。

“不……”

“算了，就再通融他一次吧！又不是不知道这小子有多倔强，让他做完他想做的事再抓他回去也不迟。”星河还是心软，在索亦安可怜兮兮的哀求声中败下阵来。

“哈，总之，出什么事情你负责就行了！”睁着眼睛瞪着星河的月罗丢下这么一句话，算是默认了。

解开沉重的铁链，星河望着他苍白的脸，淡淡地丢了这么一句话出来：“只给你一天的时间，快点做完它吧。别再让我们难做了，这已经是我们的极限了。”

向月罗和星河投去感激的眼神，索亦安强打起精神聚集力气努力地站直了身子，然后转身慢慢地走下山。

在学校里做完值日回到家已经是傍晚了，拿出钥匙开了门，习惯性地冲在厨房里做菜的妈妈打了声招呼，玖稚葵换上拖鞋便走进了自己的房间，一头扎在了柔软的床上。

呼……

真的好累啊！学习了一整天还要打扫教室，真是烦死人了！学校就不会花些钱请几个清洁工人来打扫一下吗？学生是交钱去学校学习的，又不是去当清洁工人的！老师真是过分死了……连这种杂活也要学生去干！

躺在床上嘀咕了一会儿之后，感到无比疲累的玖稚葵歪在枕头上沉沉地睡了过去……

2.

也不知道到底是睡了多久，玖稚葵醒来的时候发现自己躺在一张陌生的床上，四周也不是自己熟悉的景象，看样子，应该不是在自己的房间里了吧？但她之前明明是睡在自己的房间里的啊！现在怎么会在一个陌生的地方呢？

想了好一会儿也想不通到底发生了什么事，玖稚葵决定下床去看个究竟。

小心翼翼地拉开门，猛烈的日光从外面汹涌而入，抬起手遮住眼睛，等眼睛完全适应了外面强烈的阳光后才缓慢地移开手。

这……这应该是在做梦吧？

嗯！肯定是在做梦！

不然的话，她怎么会看见不远处有一座隐在白雾中的华丽城堡呢？

“天啊……完全就是童话故事里常常讲的那种城堡嘛……”视线紧紧地盯在那座雄伟的城堡上，玖稚葵张大的嘴巴久久不能合上。

既然是做梦，那就可以大胆地去那座城堡里看看啦！反正也是做梦嘛！又不会出什么事情，所以……就尽管去看看好了！

心里这么想着，玖稚葵快步朝那座城堡走去，满心都是兴奋。

到城堡门前时，她都还没伸手推门，那扇厚重的大门便自己缓缓打开了。玖稚葵正自诧异，一道白色的光突然便从头顶照下，将她全身都笼罩了起来，接着，她的身上便出现了一件纯白色的嵌满了闪亮的碎钻的蓬蓬裙，脚上的球鞋也换成了丝织鞋。

哈！这下要是说她不是在做梦她都不信了！因为这些事情在现实生活中根本就不可能发生的嘛！如果真的发生了，她说不定还会吓得屁滚尿流呢！哪还会那么镇定地站在原地思考“为什么”啊。

还是别浪费时间了，那么有空的话还不如快点到城堡里面去看看，要知道她最喜欢城堡了，她可是做梦都想自己是贵族公主啊！那样，她就可以整天住在城堡里面了！

提起拖到地上的裙摆，玖稚葵转动着脑袋仔细地看着沿路看到的一切，像是要紧紧地将它们都记在心里，好让自己梦醒后能带到现实生活中去。

玖稚葵被里面的豪华摆设彻底震撼了。

天啊……

她生平第一次知道什么叫“钱堆出来的华丽”啊……

如同生在天花板上的菊花般的华丽水晶灯，铺了一层柔软细白的毛地毯的地板，放眼望去全部摆满了价值不菲的古董的桌子和柜子，扶手上有着精致花纹的旋转式楼梯，大厅的正中央还摆了一架特大的钢琴，仿佛在等公主的出现，将琴盖掀起，弹出动人悦耳的旋律……

紧紧地盯着那架钢琴，玖稚葵提着裙摆的手握紧了松开，松开了又握紧，最终还是决定走向那架钢琴。

在钢琴的面前站定，玖稚葵深吸了一口气之后缓缓地掀起了琴盖，修长纤细的十指放在黑白分明的琴键上顿了顿，然后开始飞舞了起来……

DO RE ME FA SO……

悦耳的音符从她的指尖飞出，旋出美丽而妖艳的花朵，仿佛生在悬崖上的曼珠沙华，有着惊心动魄的美感。

这样的场景她心里渴求了有多久啊！

她一直很希望自己能穿上纯白的公主裙，坐在一架钢琴前随心所欲地弹奏自己喜欢的曲子，当然最好——还有她的白马王子出现……

"要加油哦……"

正弹得兴起的时候，一个低沉的男生嗓音带着微微的笑意响起，悠远却又近在咫尺的样子，让人有点摸不着头脑。

停下正在弹奏着的《天空之城》，玖稚葵扭头望向了城堡的门口。

而那么刚好的，城堡的大门处站了一个身形挺拔的男生。

刚刚那句"要加油哦"应该是他讲的吧？那么……他是自己的白马王子？哎呀，如果是真的话，那可就要好好地看看他了呀！

一点儿也没有该有的矜持，玖稚葵几乎是从椅子上跳起来蹦向站在门口处的男生的，真是可惜了那条优雅的裙子啊！果然不适合她那种野蛮女……

一步……两步……三步……

越来越靠近……越来越靠近……

就在马上要看清他面容的时候，她不知道怎么被绊了一脚，结果不用想也知道是什么了啦！除了出糗之外，还真是不能再有其他情况出现了呢！

而最糟糕的是……她这么一跌……不但让她的形象大打折扣，而且也让她丧失了看到自己真命天子的机会，因为——

“小葵！小葵！不要再躲在房间里了！出来吃饭吧！快点！”

玖太太响亮的声音让玖稚葵从绝妙的美梦中醒了过来，正当她拼命地捶着床后悔自己走路为什么不小心些的时候，忽然碰到了一个硬硬的东西，低下头去看的时候才发现自己的床头不知道什么时候摆了一个大大的包装得很好看的长方形盒子。

“咦……这是什么啊？”拿起盒子在手里掂了掂，玖稚葵的脑袋里冒出了许多的问号。难道……是妈妈送给她的礼物？

嘿嘿，真想不到妈妈也会给人惊喜啊！

好吧！让她打开来看看里面到底是什么……

小心地拆开那些漂亮的包装纸，露出里面的东西的时候，玖稚葵惊呆了。

是的……

无论怎么解释……这都是不可能的事……

因为，盒子里装着的，是一座城堡的模型，而那座城堡，与她梦中的那座一模一样……

“现在可以跟我们走了吧？”望着索亦安脸上淡淡的微笑，星河边说着边将铁链套到了他的手上，朝月罗使了个眼色后，三个“人”消失在空气中。

公主……

我什么也不能为你做……甚至无法好好地保护你……所以，只能以梦境的方式送你这样的一份礼物。

你会喜欢吗？

我真希望……你能很喜欢……这样，就达到我原本的目的了……

无论我身在何方，我都很想你知道……

索亦安只要还在，就会永远守护在你的身边，不离不弃……

3.

索亦安……到底是谁呢？为什么讲到他，妈妈的表情会这么奇怪呢？还有，前几天的那个梦和那个城堡的模型也让她很想不透……这一切实在是太奇怪了，她的潜意识告诉她，这一切似乎都是有联系的……

站在公车站上等着公车的玖稚葵蓦地想起前几天在家里找出的那张发黄的小卡片和那个城堡模型，还有，妈妈那稍纵即逝的怪异的表情都让她疑惑不解。

应该是很重要的人吧？不然……妈妈的表情怎么奇怪成那个样子呢？只是，他到底是谁呢？那个城堡模型与他有关系么？好想好想知道呢……

正当玖稚葵烦躁地挠着头想要把这件事想个清楚的时候，包里的手机响了起来！

从包里拿出手机按下通话键放到耳边，玖稚葵还没开口就被小桑的大嗓门震得耳朵“嗡嗡”响了。

“你怎么还没有来啊？”

“啊……小桑？我现在已经在车站等公车了啦……很快就到了……对对对，你别催了行不行啊？我都说了车快来了！等一下会死啊？……好好好，知道了！拜拜。”玖稚葵不耐烦地挂掉，才刚把手机塞进包里就来了一辆公车。哈哈，运气也还算不错嘛。

轻松地跨上公车找了个靠窗的位置坐了下来，玖稚葵拿出包里的MP3听了起来。

今天的天气可真是好啊——阳光灿烂天蓝云白，果然是很适合学习做糕点的日子呢！在这样的天气里，谁还能生得气起来啊？所以，今天的糕点学习，应该是很顺利才对吧？

玖稚葵跟小桑之间有个雷打不动的约定，就是每个星期六上午，玖稚葵都会去小桑的家里跟小桑的妈妈学做糕点，至于到底为什么要这么坚定不移地学习，这个只有玖稚葵本人才知道！或许……是因为她自己太馋了？

“FLY AWAY/无穷无尽是你深邃的眼睛/看着你/就可以让我茫茫人海里感到安定……”

耳机里流淌出梁静茹干燥温暖的歌声，玖稚葵享受地听着动听的歌曲，把头靠在了公车软软的椅背上，准备在这十几分钟里小小地补一觉，搞不好还能做一个香甜浪漫的梦呢！

“啊呀——”就在玖稚葵即将陷入甜蜜梦乡的时候，坐在她旁边的一个阿姨忽然尖叫了起来，公车突然陷入了一片混乱……

被惊醒的玖稚葵从座位上跳了起来，透过车头的玻璃窗，她发现前面有辆车摇摇晃晃地朝公车撞来，而公车司机为了躲避那辆发了疯似的轿车，猛地转左又转右……

对面那个驾车的司机是喝了酒吧？正常人哪能将一辆好好的车子开成那样子呢？简直就是将那车当战斗机来开……

在这种混乱的情况下，就算是顶级的赛车手，也未必能躲过那辆发疯的车子吧？更何况，他只是一个普通的公车司机大叔而已……

车窗外的情况也比车内好不了多少，那辆车跟疯了似的摆动着车身往前滑行着乱撞，与地面激烈摩擦的车轮还不断地冒出火星，像是随时要滚落出来一样，这样一辆完全失去控制的车子在马路上横冲直撞着，真是让人心惊肉跳啊……

见情况已经不是司机能够控制的了，车上的乘客纷纷拉开车窗想要跳下去。天呐！玖稚葵额头“呼呼”地冒着冷汗，眼睛紧紧地盯着前方疯狂地冲刺着的轿车……

这到底是怎么一回事啊？为什么她总是碰上这种倒霉事？前些日子连连遭受的衰运已经够她受了，难道上帝是嫌她的生活太平淡太没激情了，想给她来点刺激的事情提提神吗？

这时，在街上晃荡着的索亦安没来由地感到一阵心慌，直觉告诉他，他的小葵正面临着危险……

不行！他得赶紧到她的身边去保护她！他绝对不能让她出事的！

感应到玖稚葵所在的方向后，索亦安立刻奔向了出事地点。

公主……不要害怕……我一定会把你救出来的……不要害怕……不要害怕……知道吗？

赶到小桑家的时候，小桑已经一脸怒气地叉着腰等在门口了，还没等她靠近，那丫头就噼里啪啦地指着她骂了起来："有没有搞错啊你！居然要我们等了差不多半个小时！你到底干什么去了？把我们这个城市绕了一圈再回来的吗？简直太过分了……害别人坐在那儿苦等是很过分的你知道不知道啊？"

"对不起对不起！我知道迟到了，可是你也要听我解释嘛！"玖稚葵做出一个"大难不死，必有后福"的表情，"我来你家的路上差点儿出了车祸，不过……最后，很幸运地躲过那场厄运呢。"

"什么？差点出了车祸？呀——快点进来跟我说说这到底是怎么一回事！"一听到"车祸"这两个字，小桑蹦了起来，扯着玖稚葵的手臂硬是将她拖进了屋子里。

将事情的经过大致地说了一遍，玖稚葵拿起搁在她面前的可乐喝了一口："那时候，我真的就以为我们死定了！你知道吗？那根本没办法闪！只有一条路，路上又有别的车，就算不被那辆车撞上，为了躲避它，公车也一定会与路上别的车相撞的！除非那司机突然清醒过来踩刹车，不然……绝对是死路一条……"

"那后来呢？既然事情都已经到这个份上了，为什么最后你们会没事？"眼睛里闪着亮晶晶的光芒的小桑把头又凑近了一点，一副迫不及待的样子。

"或许世界上真的有奇迹存在吧……就在那辆车要撞上我们乘坐的公车的时候，一只狗出现在那辆车上了！"说着这些的时候，玖稚葵的脸上闪过了一丝不可思议的神色。

"什么？会不会是那司机的狗啊？"

“不知道……反正，就是突然出现了！那只狗，像是有灵性一般，猛地扑到了驾驶座上，居然笨拙地打起了方向盘！然后，那辆车就险险地与我们的公车擦身而过……”

“不会吧……怎么可能！狗怎么可能会打方向盘呢？简直是在胡扯！你确定你看到的真的是狗？不是一个穿着狗服装的人？”小桑连连地摇着头，脸上挂着“我死也不相信世界上有这么荒唐的事”的大字。

“我只是在那辆车擦过公车车身的时候看到有只狗趴在方向盘上，如果不是它，那还会是谁？那司机早就醉死了！不可能是他！”

小桑依旧摇着头，嘴巴里一边嘟囔着“我才不相信你这鬼扯出来的借口呢”，一边拽着玖稚葵的手就要把她拖向厨房，说什么“有时间讲废话还不如快点来跟我做沙拉”。

而正当她们两个推搡着要走向厨房的时候，客厅里正开着的电视响起了新闻主持人的声音，与此同时，屏幕上出现了刚刚公车差点儿出车祸的现场！

“啊——就……就是这个！那么快就有记者听到风声去采访了啊。”玖稚葵捂着嘴巴尖叫了起来。

“别吵！我要看看到底是什么神奇的狗！”小桑做了一个“别吵”的姿势，整个人凑到了电视机前专心地看了起来。

“请问先生你能将刚刚所发生的事情详细地讲一遍吗？”画面上，记者把麦克风递到了公车司机大叔的面前。

大概是第一次上电视，司机大叔害羞地挠了挠头才小声地将事情的经过讲了一遍。

“好，谢谢这位先生的回答。”女记者向大叔道了谢，然后把脸转向摄影机，“照刚刚那位先生的讲述，这次之所以没有两车相撞是因为那辆轿车上突然出现了一只狗狗。现在虽然公车避过了相撞这一劫，但那辆小车却在与公车擦身而过后撞倒了栏杆直冲进了马路下的河里，而且，由于造成了混乱，导致别的车辆连连相撞，死伤人数暂时还没有确定，具体情况迟点我们将会为您做跟踪报道。”

“居然是真的！真的是那只狗救了整车人的性命啊？”兴冲冲转过身来抓住了玖稚葵的手，小桑满脸的不可思议。

“这件事本来就是真的，你以为谁有空说谎耍你啊？无聊。”给了小桑一记白眼，玖稚葵把注意力放回了电视上。

老实说，当记者说起那只狗的时候，她突然有种很奇怪的熟悉感，像是在哪儿曾经见过那只狗一样。

天呐！又是那只狗狗！难道，上天注定了她要欠那只狗狗的人情吗？而且事情真的好奇怪……为什么每次她遇到危险那只狗狗都会出现呢？这真的是巧合吗？如果真的只是巧合的话，那也未免太巧合了一点吧？

“喂——喂——喂！玖！稚！葵！”

“啊？”在小桑连声尖喊了好几下后玖稚葵才回过神来，慌慌张张地望向她，“干吗？”

“干吗？应该是我问你在干吗才对！想什么想得那么出神啊？”

“没……没什么。”

“神经兮兮的，快点进厨房啦！今天我妈要教我们做水果沙拉——”

“是水果沙拉啊？那我要学！”一听到好吃的东西玖稚葵就将心里的疑问抛到九霄云外去了，乐颠颠地抓起小桑丢给她的围裙围到身上，全心全意地投入到制作水果沙拉的学习中。

“FLY AWAY/无穷无尽是你深邃的眼睛/看着你/就可以让我茫茫人海里感到安定/FLY AWAY/让我不顾一切无止境追寻/有一个人/有一颗心/早已经默默之中在那里……”

手里拎着在小桑家做好的水果沙拉，玖稚葵心情大好地边哼着歌边朝家走去。走到家门口的时候，她特意将水果沙拉往身后藏了藏才打开门。

嘿嘿——玖太太可是最喜欢吃水果沙拉了！要是知道她女儿特地为她学做了水果沙拉，还做好了带回家给她吃，她肯定感动得都要飞上天去了吧！

确定水果沙拉藏在身后看不见的位置了，玖稚葵才轻轻地扭开门把，没想到门才刚打开，里面就传出了妈妈有点异样的声音——

“拜托你索亦安，不要缠着我们家小葵了好吗？她……她已经忘记你了啊……你们已经不是同一个世界的人，你又何必再纠缠着她呢？这样她就会幸福吗？我知道你很喜欢她，可是……可是……你不能那么自私地只顾及自己而忽略小葵的感受啊！”

“妈！你在跟谁说话呢？家里来客人了吗？”猛地把门打开，玖稚葵往客厅大喊了一声。

客厅里传来“丁丁当当”的声音，像是谁在慌乱地收拾着什么似的。可是当她走到客厅的时候，却发现妈妈拿着电话正叽叽咕咕地讲着话，看见她进来了就冲她灿烂地一笑。虽然笑得很灿烂，可是她还是能捕捉到妈妈眼底一闪而过的慌乱。

“妈，你刚刚是在讲电话？”看着妈妈挂断了电话后，玖稚葵才缓缓地问出心中的疑问。

“啊？当然是妈妈在讲电话啊，我在跟美姨讲一些八卦事呢，呵呵。”

“我好像听到了索亦安这个名字，而且，妈妈你也提到了我的名字。难道，索亦安这个人真的和我有什么关系吗？”

“哪有！根本没有的事！我哪里提到索亦安啊？我是说‘所以啊，我们家小葵怎样怎样’，你听错了啦。”

“会吗？”是她听错了？可她明明听到“索亦安”和“小葵”这两个名字啊，妈妈怎么会说她听错了呢？

“当然会！就是你听错了！小葵你手里拎的什么呢？”玖妈妈似乎不想再围绕这个话题打转了，赶紧另找话题转移玖稚葵的注意力。

“啊？你说这个吗？”玖稚葵摇了摇手中的水果沙拉，骄傲地笑了笑，“这是我刚刚跟着小桑的妈妈学会的，味道很不错的哟，特地多做了一份带回来给你吃。怎么样啊玖太太，你女儿很不错吧？”

“真的啊？”玖太太脸上散发出亮晶晶的光芒，高兴地接过了玖稚葵手中的盒子小心翼翼地打开，笑容在看见那颜色鲜艳漂亮的水果沙拉时扩展到最大，“做得好漂亮啊，小葵你好厉害呢。”

“妈妈你喜欢就好！哦……我今天在外面走了一天有点累，你自己慢慢吃，我回房间躺一下。”

“好——要注意身体，不要生病啊！”没注意到玖稚葵脸上奇怪别扭的神色，玖太太关心地叮嘱了几句之后便拎着水果沙拉走到厨房里去了。

望着妈妈的背影，玖稚葵嘴巴张了又张，最后却还是将满腔的疑问吞回了肚子里。回到房间里，她软软地往自己的小床上一倒，整个人便陷进了舒服的柔软里。

“拜托你索亦安，不要缠着我们家小葵了好吗？她……她已经忘记你了啊……你们已经不是同一个世界的人，你又何必再纠缠着她呢？这样她就会幸福吗？我知道你很喜欢她，可是……可是……你不能那么自私地只顾及自己而忽略小葵的感受啊！”

妈妈刚刚说的话又在她的脑海里回响了起来。

妈妈是在骗她！

那个索亦安……明明就跟她有关系，可为什么妈妈却要瞒着她呢？她是有什么苦衷吗？为什么这些天总是有那么多让她搞不明白的问题缠绕着她啊？

烦……

4.

翻车落水之后，灵魂依旧依附在狗身上的索亦安艰难地用嘴巴咬住无辜司机的衣服，努力地拖着昏迷过去的司机往岸边游去，奋力地将司机拖到了干燥的岸边。索亦安抬起爪子轻轻地在昏迷过去的司机脸上拍了一下。

没动静。

难道他没呼吸了？这个想法吓了他一跳，赶紧把爪子伸到司机的鼻下探鼻息。幸好幸好，还有呼吸呢！应该马上去找人来救他才对！这么想着，他的脚才刚踏出一步，就再也动不了了。因为他清澈的瞳孔里，是那么清楚地倒映出了月罗和星河的身影。

“又是你这个臭小子……”冥王低沉的嗓音里满是怒意，“你下定决心要跟我对着干吗？看看你都做了什么好事，给我惹了什么麻烦！”衣袖一挥，等在一边的勾魂使者便赶紧走上前汇报：“呃，回殿下，因为这小鬼从中捣乱，导致原本该丧生的人全部生还，不该丧生的却死了五个。这样……我们没法执行我们的勾魂任务啊……”

“听见了没有？”冥王把头转向跪在殿下的索亦安，语气里是冷冷的凶狠，“你这该死的小子，三番五次地在冥界捣乱，你是想害我这个冥王再也做不下去了对吧？”

“冥王殿下，我没有要捣乱的意思，我只是……”

“只是什么？”冥王的声音陡然拔高，“别解释了！我就不信我还治不了一只小鬼！月罗、星河，把他带到牢里关着等待罚令，不让他尝点苦头，他是不会学乖了。”

“是！”领命之后，月罗和星河架起跪在地上的索亦安，推搡着要把他送到牢里去。

“不行！”一直沉默着的索亦安忽然猛烈地挣扎了起来，“我不在小葵的身边她会有危险的！我不可以呆在牢里！我要去守护小葵！”

“你给我闭嘴！安静点！先顾着你自己吧！”月罗恶狠狠地将他推进了牢房里，重重地关上门，消失在黑暗里了。

“小葵……”无力地靠在墙上，索亦安疲软地沿着墙壁慢慢地滑坐在地上。头抵着墙壁，一滴晶莹的泪缓缓地从眼角滑落。

“到底要怎样才能……好好地守护你？”

第四章 飞来的横祸

夜晚的风带着凉意透过敞开着的车窗吹进公车里
男生额前微长的刘海被吹得飞舞了起来
露出那一双深墨色的眼眸
如一潭幽深的湖水

1.

手里提着还冒着热气的早餐，玖稚葵心情大好地哼着歌走进了学校的大门。嘿嘿，今天的心情可真好呀——到底为什么那么好呢？

呵呵呵——这个可就不得而知了……

“我都说了我是男的，你要我讲几次？”才刚到高二年级教学楼的楼下，一道熟悉的低沉嗓音就传进了玖稚葵的耳朵里。

啊？听这声音……好像是遇宸那家伙吧？好奇地停下步子凑上前去八卦，果然让她看到了很劲爆的一幕——

一个满脸憋得通红戴着眼镜的男生，把捏着一封粉红色信封的双手直直地伸到遇宸的面前。而遇宸那个遭同性告白的倒霉家伙，脸上则挂着不知道是无奈还是愤怒的表情，眼底闪烁的尽是不耐烦的光芒。

哈哈哈——不过啊……不管是什么表情，这一刻看在玖稚葵的眼里都是可笑的！

好吧，为了让事情更混乱一些，玖稚葵决定掺一脚进去！

“嗨——小宸早安啊！”不顾遇宸向她投去的疑惑目光，她一副跟他很熟悉的样子走上前去搭住他的肩膀。

啊……该死的！

这家伙怎么长得那么高……害她还要踮着脚才能搭住他的肩膀。面前这个男生也实在是蠢得不行，戴了眼镜还分不清楚一个人的性别，难道他见过长到一百八十公分的美女吗？就算有……也不会有哪个美女有那么低沉的嗓音吧？真是的……活该被人耍……

遇宸被她突如其来的亲密动作吓得愣了一下，不过很快便有微微的笑在他的嘴角荡漾。他反手搂住她的肩膀，脸亲密地蹭了一下她的头发，然后把脸转向那个呆在原地的可怜男生：“她，是我的女朋友，这下你该相信我是男的了吧？”

啥？！

这下呆滞的人换成玖稚葵了……

她心里的小剧本可不是那么写的啊！这完全与她的目的不符合嘛！

“小宸你这家伙！别老是拿我来过桥行不行啊？不喜欢人家就直接拒绝掉啊，干吗每次都装男生，还要我装你女朋友啊？这招不新鲜了！”手肘用力地撞了遇宸一下，玖稚葵一副埋怨的样子。

“你……”这丫头原来是来捣蛋的，他还以为她突然好心想要帮他的忙呢！

“这……”呆呆地望着面前一唱一和的俩人，男生伸出的手傻傻地直着，不知道该收回还是就这么一直伸着。

“哎，同学，想要追我这个美女死党啊，加把劲吧，她可不是那么容易就追上手的啊！”挣开遇宸的手，玖稚葵走到那男生的面前摇了摇头，叹了口气后伸手在他肩膀上鼓励性地拍了一下。

“啊……这个，我当然会加油的！我喜欢遇同学的可不只是她的美貌……还有她的内在……”男生说着说着脸便再度烧红了起来。

去他的内在。这男生以为他是谁？凭什么说出那种自以为很了解他的话？拜托……他连他是男是女都还没搞清楚，居然敢说“喜欢她的内在”这种话！真是够了……

“再说一遍——我是男的！”他可没那么多时间陪两个疯子耗在这儿。

“小宸，这就是你的不对了啊。我已经跟你说过了，不喜欢人家嘛，就直接拒绝，老是把自己说成男生这也不是一个可行的办法啊。”玖稚葵乐呵呵地继续将本来就混乱的局面搅得更混乱。

深墨色的眼睛阴沉了几分，遇宸把身子转向玖稚葵，平静无波地盯着她看。

哎？干吗用那么恐怖的眼神看她啊？难道这样就可以将她吓倒了么？要是他真的这样想的话也未免太幼稚了。她，玖稚葵，可是吓大的。

不过下面发生的事证明了遇宸完全没有要用眼神吓倒她的意思，而是直接用行动来表示。也许，他也知道像玖稚葵这种皮厚到核武器也打不穿，胆肥到四处流油的女生，光用眼神来吓，是远远不够的吧？

还没反应过来到底是怎么一回事，下一秒钟她就已经被男生逼到了墙角的位置，并且被他很暧昧地圈在了胳膊里。

果然是少女漫画里才会出现的老套情节，但不能否认的是，这么老套滥俗的事，居然发生在她的身上了。

“既然同学不肯相信，那么，我就只好拿出有力证据来证明了。”脸是向着玖稚葵的，但很明显那话是说给白痴男生听的。

“啊？”男生愣了一下。

听了他的话后玖稚葵没来由地紧张了起来，空着的右手紧紧地握住了校服的裙摆。

少年沉稳的目光顺着微微发抖的少女的发线一路下滑。先是光洁的额头，挺直的鼻梁，白皙的脸，然后停在她苍白的唇上。

微笑，然后低头，两片柔软的唇完美地重合在一起。

“啪——”提着早餐的左手突然使不上力，装着蒸包的袋子就这么直直地从她的手中滑落。

“啊——我不相信啊——”将这一幕完全收入眼底的男生尖叫了一声跑开了。狼狈的背影让人不由自主地想到被猎人追杀的笨熊……

愣了好几秒钟之后玖稚葵才清醒了过来，像所有被强吻的女主角一样，回过神后的第一反应是猛地将男生推开，然后用指控的目光狠狠地瞪他。

“混蛋……”玖稚葵抬起手狠狠地擦着嘴唇，恨不得眼神能化做利剑在遇宸的身上戳出千百个洞来。

罪魁祸首却没一点儿做错了事的感觉，居然还做出一副好像什么事都没发生过的表情。

“你！”

转过身要走的男生在听见玖稚葵这饱含怨恨的一个字后微微地回过身来：“噢，对了，我是该有话跟你说的。”

女生昂高了头，等待男生道歉。

“平时有空多擦点唇膏吧，吻你的嘴唇实在是很像吻一块粗糙的纸啊。”

玖稚葵发誓，如果当时她的手里握着菜刀，她肯定会毫不犹豫地冲上去对着他的嘴巴一顿乱砍！

2.

在冥界受了酷刑的索亦安连挺直腰的力气都没有，就那么软软地伏在地上，整个身体透明得像是快要消失一样。

可即使他已经完全没有力气，他还是慢慢地挪向牢门，吃力地抬起手推了推紧锁着的牢门。门丝毫没动。他的手无力地垂到了地上。

“省点力气吧你，何必这么固执呢。”星河出现在牢房前，轻轻地叹了一口气。

“绝不……放弃……绝不……”支离破碎的话从他的唇间逸出，索亦安微微地喘了一口气后奋力直起了身子，颤颤巍巍地站了起来！

“你出不去的，不要浪费力气了，好好地歇着吧。我知道你伤得很重。”星河看着他浑身没一处是完整的凄惨样子，不忍地别开头去。

“就算……就算只有万分之一的机会……我也要尝试……我……我答应过小葵会永远保护她的……答应了……就绝不骗她……绝对会遵守诺言……”一句短短的话，却被他断成了好几句，似乎每说一个字就耗去他大部分的生命力。

“你是傻子吗？那女孩根本不值得你那么做！要不是为了她，你现在早就已经投胎转生了！为什么你不能为自己想想？为什么你这家伙要痴情得那么可恶？”

“谢谢你……”索亦安朝暴怒着的星河露出一个苍白的微笑，“我只是……只是舍不得她。我舍不得我的公主啊……”

“你以为她真的还是你的公主吗？你一直都是这样以为的吧？”

“什么意思……”

“什么意思？”一丝冷笑爬上星河的嘴角，“什么意思……你自己慢慢领会。也许我这么说你不会明白，但我相信让你看了一些东西后，你就明白了。”

顶着索亦安疑惑的目光，星河抬起手在空中画了一个大圈，空中便出现了水幕状的模糊画面，发出朦胧的淡蓝色光芒，一点一点地晕开在空气里。起先是模糊不清的水纹，随着星河的调节，圈里显现的画面便越来越清晰了。画面每清晰一分，索亦安的心就沉重地跳动一下。由最先模糊的轮廓到最后完整而清晰的大画面，甚至清晰到能看到画面里飞过的蚊虫。索亦安再也不能找“画面那么模糊你怎么知道是她”这样的借口来安慰自己了。

但是，这要让他怎么相信呢？

要怎么让他去相信，现在他所看到的一幕——

玖稚葵被遇宸逼得退到了墙角，不到两秒钟的时间，两个人的脸便叠到了一起，缠绵……

他一直深爱的着女孩……居然在和另一个男生拥吻……这要他怎么接受？那是他愿意用一生用生命去守护的公主啊……已经……要被别人抢走了吗？已经……不再属于他了吗？

“她已经忘记你了。你知道吗？已经彻底将你忘记了。在她的记忆里，根本没有一个叫索亦安的人。你连一个过客都不是。这些，你知道吗？”虽然知道这些话会狠狠地伤害到浑身是伤的少年，但他仍然要狠着心将真相都说出来。说他残忍也好，反正，他就是看不得那个傻小子做根本没有回报的事。

“忘了吗？”若有似无的话语飘出他的嘴唇，索亦安全身仅有的感觉只是钝钝的痛。

痛……

小葵真的把他忘记了吗？脑海里……一点儿关于他的事都没有了吗？真的……真的全部都忘记了？

“是。”星河肯定的话，无疑又是一个重击。

望着靠在墙边的少年一脸颓丧伤心的模样，星河的心也痛了起来。

不能心软。他在心底这样告诉自己。

他之所以会这样做，全部都是为了他好啊。那个女孩，心里一个角落都不留给他了，为什么他还要傻傻地牺牲自己转生的机会去守护她？并且不惜为此三番五次地触怒冥王？他爱得那么强烈，在凡间的人却毫不知情，甚至不知道有他这么一个人，这样的付出，到底有什么意思？

片刻之后，索亦安抬起了垂着的头，苍白的脸重新挂上淡淡的笑。

“忘记我，是好事。”

“什么？”星河瞪眼。

“我说小葵将我忘记，是一件好事。如果她记得我们曾经发生过什么事的话，她肯定会很伤心很伤心的，一定会生活得很不开心。如果忘记我能让她幸福地活着，那么我宁愿她将我忘得一干二净。”

“你疯了……你的意思难道是你还要继续做傻事吗？”星河情绪失控地朝他大吼。

“我记得跟你说过的，我——绝不放弃。”

脸上尽是愤怒神色的星河听见索亦安的这句话后，表情蓦地就柔和了下来。

“随便你吧……算我多事，以后再也不管你了。”轻叹了一口气，星河无奈地转身离开了。

手移到胸口，摸到了戴在脖子上的那个小小的锦囊，索亦安的微笑更坚定了。

“小葵……我不怪你忘记我。如果记得我会让你痛苦得无法生活下去，那么我是真的愿意你将我遗忘。我从来都只想你过得好。所以，我一定一定会努力地逃出这里，继续守护在你的身旁。直到有一天，你已经不再需要我的守护了，那么，等到那天，我就会安静地离开。”

3.

“你的脸是被煎过了吗？怎么红得那么厉害？”打从玖稚葵走进教室就意识到她的不对劲，小桑挤到了她的身旁，疑惑地盯着她的脸问道。

“煎什么煎！是被狗啃了！”很明显，这句火气冲天的话是暴怒中的少女讲给坐在教室后排的罪人遇宸同学听的。

“啊？真的是这样子吗？”

“是这样子的！你别挡在我面前碍眼！我烦死了！”一巴掌将在她面前晃来晃去的小桑推开，玖稚葵伏到了桌子上生起闷气来。其实无非也就是在哀悼自己的初吻啦。

不过不管怎么说，她这气都生得有点莫名其妙。也许，她还不知道，她的初吻早就给了某个人了吧……

问不出个所以然来的小桑在听到上课铃响了之后只好闷闷地回到自己的座位去，但眼神还是止不住瞟向与她隔了两个组的玖稚葵。

那丫头该不会是被鬼上身了吧？小桑打趣地想。

正胡乱揣测着的时候，数学老师拿着一叠试卷走进了教室，习惯性地扫了全班一眼，推了推压在鼻梁上的黑框眼镜才慢悠悠地开口：“上次测验的试卷已经改出来了，现在，我宣布一下测试的情况。”

把头埋在臂弯里的玖稚葵在听到老师的话后，对遇宸的仇恨又多了几分。

可恶的家伙！将她的试卷揉烂扔进了垃圾篓里害她没交卷，这个数学老师最恨学生考试不交卷了。尤其她还是学习委员，这下老师肯定是要狠狠地削她一顿了。

“首先宣布这次考试最高分的同学的名字！嗯……不愧是我一向都很看好的同学——玖稚葵，145分！”

“哗——”老师的话音刚落，全班就响起了羡慕的掌声。听到这一结果的玖稚葵惊讶地抬起了头，眼睛瞪得死圆。

玖稚葵……145分？

她没听错吧？她明明就没有交卷啊！哪里来的试卷？又哪里来的全班最高分？询问的目光射向坐在后排的遇宸，而男生只是一脸淡然地耸了耸肩。

“玖稚葵同学要加油啊，要保持好这个成绩，这样名牌大学就离你不远了。”赞许的目光流连在玖稚葵身上，老师的语气轻柔温和。

天知道她“我一定会好好努力，不辜负老师的期望”这句话答应得有多心虚。

“对了！为了鼓励你下次还能考出这样的好成绩来，老师决定给你点奖励。”数学老师说着便翻开课本，从里面拿出两张电影票递到玖稚葵的面前，“老师的朋友在电影院工作，给了我好几张电影票呢。可惜我不喜欢看电影啊，我正愁着不知道该送给谁，正好，这个就当做你考出好成绩的奖励吧。”

“哎？老师……这……”

“老师好偏心！我们以前也有同学考高分啊，为什么没有送我们东西？”

“就是——就是——”

看着老师偏心，同学们叫着闹着抗议了起来。

“安静！”数学老师重重地拍了讲台一下，“要是你们下次也能考出优秀的成绩来，那么老师也一定会给你们奖励！”

“耶——耶——老师万岁！”

这些眼睛里只能看到物质的肤浅的同学们啊……

“好了，表扬完成绩好的同学，那么接下来就该惩罚一些行为恶劣的同学了。”收起笑嘻嘻的表情，数学老师严厉的目光扫了全班一圈，“我明明讲过，不管会做还是不会做，试卷发到你手中，就算你只在上面写一个名字也要给我交上来！为什么这次还是有同学将我的话当做耳边风？为什么还是有个别同学没有交？考试不交卷，这是学生该做的事吗？52号——没有交卷的52号同学你给我站起来！”

老师响亮的嗓音在教室里回荡了几圈后，坐在后排的遇宸才慢悠悠地站了起来。

“你！”数学老师怒目圆睁，“是新来的同学吧？我们班在级里可算得上是一个优秀的班级了，你这同学怎么才来没几天就违反纪律？还把我这个老师放在眼里吗？”

“我违反纪律了吗？”遇宸没有一点儿挨骂的不快，表情冷漠淡然。

“当然！”

“学生规则上又没有写明学生做试卷就一定要交，你凭什么说我违反了纪律？”淡淡的语气，说出的话却足以让数学老师吐出十公升的鲜血。

“哗——遇同学好帅。”坐在玖稚葵前面的女生眼睛开始冒出爱慕的眼神，“好像漫画里的男主角。”

拜托，那家伙要耍帅也不是挑这个时候吧？谁不知道数学老师是出了名的严厉和凶狠？聪明识相的家伙都该知道退一步海阔天空吧？

不过，让她想不明白的是，那家伙那天明明就是将她的试卷扔掉了只交了他自己的试卷啊。她可是亲眼看见的。可为什么到最后没交卷的人反而变成他了呢？该不会是……

猜测被数学老师的大嗓门给打断了———

“太不像话了！你！给我滚出去站一节课！”被气得不行，数学老师瘦长的手往教室门口一指，将遇宸吼出了教室。

“好了，那些行为恶劣的同学我们不需要理他。大家拿着自己的试卷，认真地听我评讲——”

把那张不属于自己的试卷拿到了面前，玖稚葵细细地将写满了准确答案的卷子看了一遍。

好漂亮的字啊……光看这种字体，熟悉她的人就知道肯定不是她的试卷了。要知道还曾经有朋友这样评价过她的字呢——

“小葵你不做道姑简直很可惜呐，你这种字体最适合画符了，辟邪的效果肯定很强大。”

看吧。所以，这张试卷，无论如何也不是她的。

既然不是她的，那么……会是谁的呢？是遇宸的吧。

可是，他为什么要拿他的试卷当成她的交上去呢？

目光飘向一脸无所谓地靠着墙站在教室外的遇宸，那家伙居然还很有心情地眯着眼睛抬头欣赏天空。唉……这家伙的神经难道说要比她的还粗吗？

4.

“哎……问你呐。”在脖子扭断之前终于看到遇宸回到座位上，玖稚葵磨蹭了几分钟之后，终于鼓起勇气走到了他的面前。

“说。”

“那个……试卷……”

“真那么感激我的话，就把那两张电影票分我一张吧。虽然你的体积不小，但我不认为你已经大到能自己一个人坐两个位置了。”

什么？这家伙都还没等她将问题问完就开始讨赏了？

呃——呵呵！他这话的意思是承认那张试卷是他的了吧，看不出来这家伙的数学还挺好的呢，长相和智商总算比较符合嘛……

将塞在校服口袋里的电影票拿出来拍到他面前，玖稚葵再度开口：“你到底是为什么要那样做？难道你不知道那样会受到惩罚吗？”

“我乐意。”将电影票收入口袋里，男生的目光对上她的，“你也会去吧？”

“我？”玖稚葵抬起手指着自己的鼻子，“有关系吗？”

“没，随便问问。”

找不到理由继续呆在他面前不走，玖稚葵“哦”了一声之后便回到自己的位置上。没想到才坐下，一个女生便旋风般地卷到了她的面前。

“小葵……”

“嗯？”这女的八成心里有鬼……

“电影票……刚刚你是不是给了遇同学一张？”

“没错啊。”这干她什么事吗？她干吗摆出一副很关心的样子来？

“我记得你好像不喜欢看电影。”

有吗？她什么时候说过她不喜欢看电影？

“我知道像你这种优等生，是不会放过一分一秒学习的机会的，所以看电影这么不务正业的事，你肯定不会去干的，对不对？”都还没等她应话，那女生又自顾自地替她将话接了下去。

看电影是不务正业的事？这是谁总结出来的？

“所以呢？”

“我想你把那张电影票送给我，你应该不会介意的吧，小葵？”女生双手交握在胸前，用满怀期待的眼神盯着她看。

“真的那么想看的话就让给你去吧。”没有拒绝，玖稚葵将那张还没捂热的电影票递到女生的手里。

为什么没拒绝呢？因为她知道，那根本不奏效。所以，何必再浪费时间在这种无聊问题上多纠缠？反正电影么，想看随时看，又不是非得挑着这一部来看，而且对她来讲又没错，所以，也就很乐意奉送。那个捧着电影票的女生乐得像得到了全世界。

回家的路上，玖稚葵偷笑了好一阵子。虽然把电影票送人对她来说没什么过错，但对于某个人来说，却极有可能是天与地的差别，因为情况很可能是——

“请问，我的脸是屏幕吗？”没有侧过脸，男生直接朝那位盯着他的脸看得津津有味的女生砸出这么一句话。

“啊？啊？不是啊……屏幕不是在那边么……”女生坐在遇宸身旁笑得一脸花痴，就差没在脸上刺着“我很哈你啊，遇宸同学”几个大字！

“那你的眼睛干吗一直盯着我的脸看？我的脸难道会比电影精彩很多吗？”

或者是——

“遇同学啊，我一直觉得你穿白衬衫的样子好帅哦。而且为什么你的白衬衫总是那么干净那么洁白呢？很少有男生会那么干净呢。遇同学你用的是什么牌子的洗衣粉呐？”

“这关洗衣粉什么事？”

“当然关啦！”女生见男生答话了，便兴奋地开始喋喋不休起来，“不过……这也是遇同学爱干净和勤劳的原因吧，真的是很少见的男生啊，遇同学将来对女朋友肯定很好。”

“衬衫不是我洗白的。”

“啊？”乍一听到遇宸的话，女生的脑海里便无限悲凉地出现了这么一副画面：一个漂亮的女生抱着遇宸的衣服站在洗衣机旁边笑得很灿烂。

王子殿下这句话的意思是……他的衣服都是女朋友代洗的吧？真是让人的心“啪嚓啪嚓”地碎了一地啊……

“白衬衫本来就是白色的，跟我用什么牌子的洗衣粉和勤劳不勤劳一点儿关系都没有。”

“呃？啊……哈哈哈。遇同学还会讲冷笑话呀……真是很不错呢……”稍微地被遇宸的话刺激到的女生干巴巴地笑了几声，僵硬地转过了头。

又也许是——

好不容易将那冗长无味的电影看完，几乎是在灯亮起来的那一刻，遇宸便起身快步朝出口走去。紧跟在他身后的，自然是哈他哈得要死的那个女生……

“啊……遇同学等我一下。”男生人高腿长，自然走得也快，女生几乎是喘着气追上他的，“呃……去逛夜市好不好啊，遇同学？”

“好。”

“呃……啊？”女生愣住，随即一脸狂喜，然后又小心翼翼地问，“那么逛完夜市去小吃店怎么样？”

"嗯。"依旧是简短却令人疯狂的回答。

"那……那吃完小吃去溜冰好不好？"

"好。"

天呐！上帝难道是听到她心里的祈祷了吗？王子居然这么爽快地就答应灰姑娘的邀请了！这么说，她跟他还是有发展下去的可能的对不对？

开心得差点儿没跳起华尔兹的女生刚想伸手去挽男生的手臂，却发现身边早就没了人影。

"呃……遇……遇同学你怎么要上公车啊？夜市就在那边，不用坐公车的呀！"望着已经上了公车的男生，女生急得大喊了起来。

"夜市在那边跟我坐公车有什么关系吗？"淡漠的语气。

"不……不是说要去逛夜市的吗？"

"嗯，那又如何？"

"那你……你怎么上了公车呢？"

"我回家不坐公车难道你要我走一个半小时的路？"这女生没傻了吧？怎么说话让人有找不着北的感觉呢……

"你不是说要跟我去逛夜市吗？怎么……怎么要回家呢？"女生几乎要哭出来了。

"我什么时候说要和你去逛夜市了？"

"我……我刚刚问你说去逛夜市好不好的时候，你明明回答说好的呀。"已经有眼泪在眼眶里打转了。

"我说的是'好'，没说是和你一起逛。"没好气地回答完女生最后一个问题，遇宸找了个靠窗的位置坐下，心安理得地呼啸着绝尘而去，任由公车将那可怜的女生抛在电影院门口号啕大哭。

玖稚葵，真想不到除了送一张电影票外，你还额外地给了我那么"大"的一个"馈赠"啊。看来往后还真的是要好好谢谢你呢。

夜晚的风带着凉意透过敞开着的车窗吹进公车里，男生额前微长的刘海被吹得飞舞了起来，露出那一双深墨色的眼眸，如一潭幽深的湖水。

眉毛一挑，男生的嘴角扬起好看的微笑。

既然电影票都送给了别人，玖稚葵只能在家里翻箱倒柜地找影碟来看。不过那些影碟却很奇怪地通通都找不到了，连一张可以听的CD都没有。

这是到底是怎么一回事啊?

“玖太太！为什么影碟和CD都不见了？”实在是找不到影碟了的玖稚葵只好向妈妈求救。

“啊？那些东西我都放到储物柜里去了，我看你百年也不动那些影碟一次，就都收起来了啊。你去那里找吧。”

“噢——好——”跑到闲置着的房间里找到了储物柜，玖稚葵猛地将柜子打了开来。也许是太久没有打开过的缘故，乍一打开的时候里面扬起了一阵尘土，呛得她咳嗽连连。

搞什么啊……关着门的都能有那么多灰尘，玖太太真是不负责的家庭主妇啊，连卫生都不知道注意一下。

抬手挥走那些在她面前肆意起舞的灰尘，玖稚葵将那些影碟和录像带都搬了出来，准备细细地挑选。

“SWEETY MEMORY……这是什么带子啊？”手无意间拿起了一盒录像带，玖稚葵把它拿在手里翻过来掉过去地看。是很普通的那种黑色盒状带子，只有一条写着“SWEET MEMORY”的白色标签贴在上面。

难道说，是家里什么时候拍的?

反正无聊，放来看看也好。

把那一堆影碟和录像带全部抱到了客厅，玖稚葵刚想把那盒带子放进录像机里的时候，妈妈却忽然出现在身边，猛地拿走了她手中的录像带。

“啊？妈……怎么了？”诧异地看着妈妈，玖稚葵露出了不解的表情。

“没什么，小孩子不要看。”把录像带藏到身后去，玖太太显然有点闪烁其词。

“到底是什么样的录像我不能看啊？”

“反正你还不到那个年龄！”

玖稚葵的眉毛因妈妈的话抽搐了一下，眼神开始有点尴尬——该不会是……吧？刻意省略掉想要说的那部分话，玖稚葵朝妈妈投去询问的目光。

“你少管！”知道女儿想到哪个方面去了，玖太太的脸颊染上了淡淡的红晕，丢下一句警告的话后，玖太太便慌忙钻进了自己的房间里。

其实……其实这是很正常的事嘛，妈妈干吗还要那么害羞……脸上带着深深的笑意望向妈妈紧闭着的房门，玖稚葵笑了起来。

真想不到……妈妈那么纯情的小家庭主妇，居然也会……

嘿嘿，好可爱的妈妈呀！

第五章　恶魔守护神

……两个人共用一个耳麦

即使画面闪过得那么快

她还是看见自己脸上幸福满足的表情

仿佛得到了全世界一般……

1.

阳光透过树叶间的缝隙细碎地洒落到地上，形成一个个银币般大小的光斑。天空湛蓝如洗，偶尔有一两只飞鸟扑棱着翅膀掠过云际。

伸了一个懒腰，玖稚葵收拾好桌面上凌乱的课本，便准备去更衣室换上运动服上体育课。没想到脚还没踏出教室，手臂便被人用力地拽住了。

是小桑。

“干吗拉着我啊？已经打上课铃了，再不去换运动服就来不及了。”

“哎，这么好的天气，去垫排球太浪费了点儿吧？”小桑摇了摇头，“这种天气就该是躲在屋子里边吃薯片边看好看的电影才对啊。”

“你脑神经打结了是吧？居然在上课时间说这样的话，啧——你的智商真是越来越低了。”玖稚葵做出一副“你已经彻底没救了”的表情。

“你才脑神经打结了。我的意思是，我们逃课去多媒体教室看电影，怎么样？爱情大悲剧噢——我记得你——最——爱——看——的——啦！”

“被记缺席的话有什么惩罚吗？”

“好像也只是在班务日志上记个名字而已啦！没什么惩罚的！怎样？去不去？为了我们多姿多彩的青春啊——泪流满面的青春啊——去吧！”

“去就去，拜托你收起那让人胃酸不安分的文艺腔！”

畏畏缩缩地摸索着走到了多媒体教室，将门掩上之后小桑大咧咧地从怀里掏出一块影碟塞进了DVD机里，然后又从口袋里拽出两大包膨化薯片，塞给玖稚葵一包，拉着她在前一排的位置上坐下来后，两个人便开始无比惬意地欣赏起了那部爱情大悲剧。

“呜呜呜……好惨……”片子才刚进行到一半，小桑就已经哭成了泪人。被吃空的薯片包装袋子里居然还很夸张地盛了她半袋子的眼泪……她以前怎么不知道小桑感情这么丰富？

“原来你们在这儿……”

正看得入神的时候，突兀出现的男声犹如一把尖锐的刀子，硬生生地将寂静的气氛划破，拉出一道长长的口子。

疑惑地回过头去，映入玖稚葵瞳孔的是遇宸那张俊美得如同太阳神阿波罗的脸。

这家伙到底是怎么找到这儿来的？难道他跟狗一样能够光靠鼻子就能找到她吗？

“你想告密的话请便，但请你现在不要打扰我们欣赏电影。”没好气地丢下这么一句话，玖稚葵便回过头去继续看电影了。

身旁出现一道长长的影子，还没等她回过神来，那漂亮的男生就已经在她的身旁坐下，并且还很不客气地把手伸进了薯片袋子里，拿了一片薯片丢进嘴巴里，动作流畅自然得就好像他们是关系铁到不行的好朋友。对男生这种随意的举动已经生不起气，玖稚葵由得他去掏空自己的薯片，注意力集中在了电影上。

原本神色自然的玖稚葵，眼睛却因屏幕上突然出现的一幕而狠狠地刺痛了起来，手心虚虚地冒着冷汗，脸色瞬间变成了毫无生气的灰白。

明明只是很普通的一个镜头——所有滥俗的爱情剧里经常出现的情节———撞车。

可是，为什么那么滥俗的镜头却让她看得心惊肉跳？

脑海里突然翻飞起许多莫名的记忆碎片，那些陌生的画面带着模糊的光，一下，又一下地闪过眼前——

陌生男生温柔的侧脸，手指白皙修长，轻轻地覆在她的发上。笑容透明轻浅，仿佛天使。她依偎在那个男生身旁，两个人共用一个耳麦。即使画面闪过得那么快，她还是看见自己脸上幸福满足的表情，仿佛得到了全世界一般……

那些陌生的画面，仿佛带着无比尖锐的小刺，狠狠地扎疼了她的太阳穴，眩晕的感觉一阵又一阵地袭过来……

“你……不要紧吧？”察觉到坐在身旁的女生的异样，遇宸侧过头去询问道。

女生没有答话，但脸色的苍白程度说明了一切。男生刚想伸手搭上她的肩膀时，女生的眼睛蓦地闪过一道晶莹的光，身体便在小桑的尖叫声中软软地歪倒在男生的身上了。

独自走在一条狭隘的小道上，玖稚葵的脑海里尽是迷茫。她这是在哪儿呢？为什么她会突然在这么一个陌生又奇怪的地方？她刚刚不是才和小桑在多媒体教室里看着电影吗？为什么她一下子就跑到这儿来了呢？

她拼命地往前走着，步伐越来越快，最后几乎是在小道上奔跑着的。可是，无论她跑得有多快，却还是不能看见路的尽头。

“小桑，小桑！”玖稚葵扯着嗓子大声喊着，却得不到半点回应。别说小桑的回应，就连她声音的回音也没有。这条小路仿佛藏着一个会吸食声音的怪物，她的喊叫才刚出口，便被吞噬得干干净净。

一切都诡异得让人害怕。

蓦地，前面出现了一道白色的身影，那修长的身影周围罩着淡淡的白光，恍若天使。

“你，你是谁？”玖稚葵试探性地朝那道身影喊道。她总觉得那身影很熟悉，却又一时想不起到底是谁。应该是她认识的人吧，但，到底是谁呢？

“小葵，你忘记我是谁了吗？真的忘记了吗？”背对着她的身影悠悠地开了口。

“我该记得你吗？你……你把身子转过来我看一下啊——你不转过身我怎么知道你是谁呢？”

“真的……真的忘记我了……没错……小葵你的脑海里……已经连我一丁点儿的影子都没有了……”男生没有转过身的意思，只是一直喃喃地念着“你真的忘记我了”这句话。

玖稚葵心里疑问的漩涡越来越大。

好吧，既然他不肯转身过来让我看，那么我就自己跑到他面前去看！

这么想着，玖稚葵便拔腿朝那个男生跑去，可是就在她快要跑到那个男生面前的时候，小路突然被强烈的光芒罩住，那个白色的身影在光芒里，渐渐地模糊开去了……

“你到底是谁？”安静地躺在床上的玖稚葵猛地坐了起来。

“我是遇宸。”坐在床边的男生淡淡地接过她的话，回答道。

“你搞什么啊？看个电影也能突然昏倒……吓死我了。幸好有遇宸SAMA（SAMA：“大人”的意思）在，不然你要我怎么把你这体重八十斤的生物拖到医务室来？”坐在病床左侧的小桑一开口就是抱怨，“真扫兴呐，害我没看到那部片子的结尾呢。”

难道那部片子的结尾会比她的生死要来得重要吗？真是误交损友……

“没事了吧？”相对于小桑的抱怨，遇宸冷冰冰的语气不管怎么说还是要中听得多的。

“嗯……还好了。”推开盖在身上的被子，玖稚葵抬手揉了一下太阳穴。窗外的阳光为世界铺上了一片灿烂，微风所到之处尽是温柔宁静。眼睛胡乱地抓住一个点定定地盯着看，玖稚葵又想起刚才梦中那个修长的身影。

风，轻柔地吹过她的脸，吹起她额前的一小撮刘海。

她，到底是不是忘记了生命里曾经有过的一部分事情呢？为什么她总觉得，她一定是忘记了某些事啊？可是，如果真的是忘记了，为什么却从来都没有人跟她提起过呢？小桑没有，连妈妈也没有呢……

月罗无奈地看着一次又一次地用透明的身体撞着结实的牢门的索亦安，嘴角露出苦笑。

“你别白费力气了，你不累不疼，我看着都累了。真是个不折不扣的大傻瓜。”

“我一定要出去的。绝对要出去。”轮廓渐渐地模糊成细细的线，此刻的他看起来像是一阵风就能将他吹得烟消云散。

“生死自有天命，你那么执着干什么？还有，你以为你斗得过冥王吗？不用想都知道答案是否定的。无论你做什么样的小动作，冥王只要一个命令，就能让你从此消失。所以，你还是乖乖地放弃，安心地去转生吧，别为了那个女孩把自己给耽误了，谁能保证你重新开始后不会遇到比她更好的呢？”一向冷酷无情的月罗，此刻说起道理来却是一套一套的，让人眼睛都瞪圆了。

“你不用告诉我这些，我不会听的。”少年虚弱地笑，“我只知道，只要我还有意识，那么我就得保护她。”

“这么说起来，我还真是该给你颁个奖了呀。”低沉而有威严的声音响起，冥王高大的身影出现在牢房前。

“你这个臭小子还真是不知道悔改，关了你那么多天，居然连一点儿软化的迹象都没有。”冥王的目光变得有些深沉，“真的那么想出去？不惜付出任何代价吗？”

冥王最后一句话点燃了索亦安心里的希望，他抬起头直直地对上冥王严厉的眼神，用一直都是那么坚定的语气回答：“是。”

2.

脑袋里乱哄哄的全是糨糊，玖稚葵抓了抓稍微有些凌乱的头发，随便在餐桌上拿了一盒牛奶，向妈妈打了声招呼便出了门。

嘴巴里咬着吸管，玖稚葵一边回想这些天来发生的事，一边踢着路边的小石子往教堂的方向走去。

虽然她不信教，可是当她迷茫的时候，她总是会躲到离家不远的那家小小的教堂里去，去悔过房里跟那些听人倾诉的牧师讲一大堆一大堆的话，就算不能解决什么实质性的问题，可至少还是能让人的心舒服一些吧……

“牧师，我心里可真乱呀。”一屁股在悔过房里的椅子上坐了下去，玖稚葵长长地叹了一口气。

“嗯，说出来为什么会觉得心乱吧，主会帮助你的。”

哎？这个牧师的声音真好听呢。居然还那么年轻有磁性，大概会吸引一大堆女教友吧！

蓦地意识到自己的思想出现了偏差，玖稚葵伸手在自己的额头上拍了一下，右手在胸前画了个“十”字，嘴巴里轻轻地说了一句“愿主原谅我这愚昧的人”，便继续大吐苦水了，“我……我这些天真的很烦恼！”

“说出来吧，主会帮助你的。”依旧是平板的那么一句话。不过很奇怪的是，每次牧师一说这句话，就会有很轻微的“哒”的一声传过来。

那到底是什么怪声音？

“我觉得自己像是忘记了很重要的东西！好像真的是很重要！可是……我想不起来呀！虽然我不确定那到底是什么事，可我潜意识里真的有直觉的。我总觉得，将那件事忘记了，是很大的罪过，可我真的一点儿印象都没有……我到底乱七八糟地说些什么呀……”心里很烦躁，玖稚葵出口的话很难让人串成句，更别说能成功地理解她要表达的意思了。

“慢慢讲，讲出来会舒服许多的。”

“我也不知道该怎么讲，因为我根本不知道到底发生了什么事啊。啊呀呀——烦死人了。都什么跟什么啊……”烦躁地抓了抓头发，玖稚葵恨不得对着墙就狠狠地撞上去。

“来这里的人都这样，弄不清楚自己内心的想法。没关系的，只要你静下心来好好地想一想，很快一切就都会豁然开朗的。”牧师的声音像是有魔法一般，温和低沉的音调很轻易地就将玖稚葵烦躁的心安抚得平静了下来。

“所以……我决定将那些有的没的都忘掉。哦……对了，牧师你的声音那么好听……应该长得很帅吧？是不是有很多女生追你啊？你有没有后悔来当牧师呢？你到底是为什么要当牧师的呀？有什么特殊的原因吗？该不会是因为曾经在感情上受过严重的创伤，所以才来当牧师的吧……”忘记自己来这里的目的，玖稚葵发挥她打破沙锅的精神，“哒哒哒”像机关枪扫射一般就问了一大堆的问题。

果然，在她的问题出口之后，牧师那边就一点儿动静都没有了。

“牧师？牧师你还在吗？”

啪——悔过房突然被人推开了门。

被这突然的声响吓了一跳，玖稚葵蓦地回过头望向门的方向，表情彻底定格了。

“幸好真的牧师不在，不然，要被你气死！”手里拎着一个小型的录音机，深墨色的眼睛，好看到人神共愤男女不分的脸——不是遇宸，还会是谁呢？

“怎么会是你……”石化了大概有一分钟左右，玖稚葵好不容易从嘴巴里挤出这么一句话。

“为什么不能是我？”

“遇宸……怎么会变成牧师……”

“我什么时候说过我是牧师吗？”

“那你怎么从那个房间里走出来呢？那是给牧师用的啊！”

“牧师刚好有事走开，让我暂时顶替一下。喏——刚刚回答你的话，都是他录好了让播出来的。”男生拎高手中的录音机，抬手指了指。

这下她总算知道那“哒哒”声的来源了……

“你……那我刚刚说的话，你都听到了？”

“难道我耳朵是装饰用的？”

“偷听别人的秘密是很不道德的。”

“我偷听你的秘密了吗？如果你那乱七八糟的问题也能算得上是秘密的话。”

玖稚葵的脸因遇宸的那句话极度扭曲成奇怪的形状，脸颊也很可疑地飘上了两朵红云：“那……那之前我也说了关于我自己的事情啊。那不是我的秘密吗？”

“你那种文法不通的表达，谁听得懂？我估计你自己也没弄懂那些话的意思吧？”

该死的！这家伙非得那么毒舌才行吗……不挖苦她，他的舌头会烂掉？

两个面对面僵持着的人沉默了一段时间后，终于还是男生打破了僵局。

“我走了。”其实他这句话让气氛更加尴尬了……

“喂——”

微弱的声音在男生转身后传到了耳朵里，与此同时，衣服的下摆被一只手轻轻地扯住，然后便是玖稚葵从来都没有过的软弱语气：“陪我一下吧……”

其实连遇宸自己也觉得很奇怪。他怎么会突然就抽风地只因为那个女生的一句话，就傻傻地跟着她抱着一叠彩色的纸爬到13层楼的楼顶，就是因为她一句很荒唐的“以前有人跟我说过，如果不开心的话，就把心事写到纸上折成飞机扔出去吧”，所以他就跟上去了。

谁能证明他今天不是被鬼上了身？

“喏——分你一张吧。”女生把一张淡蓝色的纸塞到他的手里，自己便盘着腿在地上坐下，拿着笔“刷刷”地就在纸上写了起来。

“为什么只给我一张？”她手里明明有那么大的一叠，却只给他一张，这是什么意思？

“像你这种长得好看，而且据说家里还很有钱，功课也好到老师泪奔的人，恐怕只有一个烦恼而已吧？那就是祈祷追你的女生少点少点再少点。”

“哈，这到底是谁说的？”

“这不用谁说吧？自己总结总结就能够得出来的结论。”玖稚葵连头都懒得抬起来了，弓着腰握着笔很认真地在纸上写着。

“你在写什么？”男生好奇地凑过头去。

哈？！

小桑：你上次借了我买CD的钱到现在都还没有还，我拜托你快点还了让我去买CD吧！

难道这就是她的心事吗？这女生还真是……

“如果是这样的话，”男生伸出修长的手指按在那张嫩黄色的纸上，“为什么不当面问她要？”

“你会好意思追着自己的好朋友还钱吗？真是没点技术含量的问题。”

“麻烦！”从女生的身边拿过一支笔，遇宸也很认真地在纸上写了起来。

“哎？你也在写吗？写的是什么呀？”试图伸长脖子去偷瞄的玖稚葵问道。

“像你所说的那样，祈祷追我的女生少点少点再少点！”男生没好气地回答。

“切！”丢给男生一记白眼，玖稚葵把已经写好话的纸折了起来——把尖尖的飞机头对住自己的嘴巴，轻轻地朝飞机头哈了一口气，嘴里叫着，小小的飞机摇摇晃晃地从玖稚葵手中飞了出去。

“哇哈！这样——不开心的事，就被飞机载着，飞——走——啦！”高兴地跳到稍微高一点的地方大声嚷嚷着，玖稚葵的眼睛愉快地眯成细细的一条线。

女生果然是很难懂的动物，刚刚还苦着脸一副被人抢了钱的可怜样子，怎么一转眼就变身成元气少女了？

“你也折啊！我们一起折很多很多的纸飞机，然后把它们全部都扔出去！咻——咻——咻——这样，所有的烦恼都没有了！”兴奋难耐的语气。

“到底是谁这么告诉你的？简直是骗小孩子的伎俩。”

听了遇宸的问题后，笑容僵在了脸上，玖稚葵的笑意一点一点地从唇边散去，莫可名状的悲伤呼啸汹涌着席卷而来。

“是啊……到底是谁告诉我的呢？”她只知道脑海里存在着这么一个想法，却不知道这个想法到底是谁告诉她的。她那么自然地把它当做她的东西，却没想到它的面前，不是她的所有格。

那么，是谁呢？是谁告诉她的呢……

看着她忽然僵住的表情，遇宸意识到自己问了不该问的，他不着声色地拿起一张粉红色的纸折成一架飞机递到她面前，“谁说的都不重要，你不是说要折很多的吗？那么，快点儿折吧。”

“好啊——”收拾起不自然的表情，玖稚葵伸手接过了那只粉红色的飞机。

不得不说那天实在是很浪漫，能和一个长相比天使还漂亮的男生一起放纸飞机，这简直是那种晚上八点档的肥皂剧或者少女漫画里才能出现的场景，不过这不可能发生的事却偏偏那么好运地发生在玖稚葵身上了。

但是像玖稚葵公主那样神经比大理石石柱还粗的女生，除了意识到身边的男生“真的很好看”之外，似乎就再也没有别的念头了。这样的女生，真的让人想扼腕自杀啊。

把一叠厚厚的纸都折成飞机放了出去，看着太阳一点一点地斜入地平线之后，女生才猛地有“啊呀！要回家了”的自觉。

“真的很感谢你陪我一整天。”边往门口走边轻柔着声音向跟在她身后的漂亮少年道谢，玖稚葵不好意思地发现这家伙其实性格也蛮不错的。

“没什么。”淡淡的语气让人听不出情绪。这也很正常啦，王子通常不都是用这种语气说话的嘛……

玖稚葵走到门边伸手要拉开门的时候，门却自动打开了，与此同时，门外还出现了一张皱巴巴怒气冲冲的脸。

“是你们两个一整天都在往楼下扔废纸，对不对？该死的！你们马上拿着扫把去给我把楼下打扫干净！”

人在享受浪漫的同时，应该想到浪漫过后到底会有什么后果要承担……

3.

“真的不惜任何代价？”

“是。”索亦安漂亮的眼睛闪烁着坚定的光芒，那是谁也不能动摇的决心。

冥王的嘴角不着痕迹地露出淡笑，但很快便被严厉的神情覆盖住了：“如果必须要承受酷刑，你也这么坚定吗？”

“是。”依旧是不假思索的回答。

“很好，那么，就让我见识一下你的坚定吧。”

手里抓着扫把在地上胡乱地扫着，身后是大楼管理员大叔灼灼的目光，玖稚葵感觉拿着扫把的自己简直就像是一个落难的女巫。

而遇宸那边的情况却截然相反，明明他也有份的，而管理员大叔却用一句“这么幼稚的事情肯定是女孩子干的，我老婆年轻的时候也这样，要好好扭扭女孩子这些坏脾气”就将他所有的责任都卸干净了。

这什么世道啊！难道这大叔有同性恋倾向么？不然为什么只罚她不罚遇宸？

“你要把地面跺出坑来吗？”看着玖稚葵边扫边使劲跺着脚，遇宸不禁觉得有些好笑。

“凭什么呀！”玖稚葵猛地一转身，冲遇宸大声地吼了起来，“凭什么长得漂亮就得有特殊待遇啊？这太不公平了！”

懒懒地靠在一边的男生听见她的抱怨，大步地走向她，在她惊愕的目光下接过她手里的扫把，低下头认真地扫了起来。语气不轻不重的话也跟着飘进了她的耳朵：“那么想让我帮忙，为什么不说？真是笨蛋。”

“谁想让你帮忙了啊！我只是不服气而已！”

“嗯。”

“我真的没有要你帮忙的意思！”

“嗯。”较于玖稚葵的急躁，遇宸显然冷静得多，只是静静地低头将那些散乱在地上的纸飞机扫成一堆，然后用垃圾铲撮起来倒进垃圾篓里。

与在凡间只是被人罚扫大街的玖稚葵相比，将要面临酷刑的索亦安可就没那么好过了。此时横亘在他面前的是一条燃着熊熊大火的路，他必须慢慢地从那条路上走过去，然后再慢慢地走回来，直到将那些火踩熄为止。

“后悔吗？如果后悔的话，你还有选择的余地。”坐在冥王殿的宝座上，冥王的脸挂着残忍的微笑注视着站在殿下的少年，似乎想从他的脸上找出悔意。

可惜，他失败了。因为少年的眼睛里坚定的光芒，从一开始就未曾减弱半分，即使是在那熊熊大火的面前。

“只要我完成了这个任务你就会将我放出去，让我回凡间吗？”

“你以为只有这么一个任务而已吗？哈哈哈哈——你真是想得太天真了！除了这个之外，接下来还有更精彩的等着你呢。如果那些你都顺利完成了，我才会考虑你的建议。”

“即使只有万分之一的机会，我也会尽十二万分的努力。”丢下这么一句话，索亦安大步走向熊熊的烈火，以飞蛾扑火的姿势。

好不容易将那些纸飞机都倒进了垃圾篓里，玖稚葵长出一口气，看了那些纸飞机一眼："害我还折了那么久呢。结果全部都要被扫进垃圾篓里了——"

"反正都是不开心的事，丢掉更好。"遇宸从口袋里掏出一块手帕递给玖稚葵，"擦一下吧，手脏了。"

女生诧异地瞪着少年，并没有要接的意思，只是盯着他看："你……你居然带手帕？"

"这有什么好大惊小怪的。"

"你是男生！21世纪居然还有男生带手帕？真是太不可思议了……"

"拿着吧你，废话那么多。"硬是将手帕塞到女生的手里，遇宸简直都懒得再跟她废话了。

"哎……"离开那栋大楼，女生慢慢地走着跟在男生的身后，弱弱地喊了他一声。

"怎么？"停住向前走的步伐，遇宸回过头来。

"我还不想回家……"

"所以呢？"

"所以……你可不可以陪我去美食街吃东西啊？"女生用满怀希望的眼神望向他。

每前进一步，索亦安就能感到烈火烧灼的痛感，橘红色的火光映衬着他苍白的脸，透明的身体在烈火中不停地穿梭着，看着这样一副画面，叫人不心惊肉跳都难啊。

"你这个笨蛋！再这么下去你会魂飞魄散的！赶紧给我回来，我帮你向冥王求情！"实在不忍心再看见索亦安的惨状，星河在一边冲着身体摇摇晃晃的索亦安大喊，一边跑到冥王的面前"扑通"跪倒："王，您就饶了他吧。他只是一个不懂事的孩子啊！对孩子，您还计较什么呢？王！求您了！”

坐在宝座上的冥王挑了挑眉：“那小子很不错嘛，居然连星河都收买了。不过，你应该知道，我的命令不可能收回。再说，那小子心甘情愿，所以，你就不用再为他求情了。”

“可是……王！您就不能念在他年纪还小的分上，对他网开一面吗？再这样下去，他肯定熬不了的！”回头看了已经不知道是第几次踏过烈火的索亦安一眼，星河的心也钝钝地痛起来了。

这个笨蛋……他简直就是不折不扣的笨蛋！都已经跟他说了那女孩子心里没有他了，他却还傻傻地拿自己的命去守护那根本不值得守护的人，不是笨蛋是什么？

可是为什么，这样的笨蛋却令他心痛呢？

他当了那么久的守护使者，见过不少比他更凄惨的家伙，却从来没有让他心痛的。索亦安是唯一的一个，也是他最想要帮助的。

“索亦安，你这个低智商的混蛋！你到底要折磨自己到什么时候？你以为你这样做能改变什么？什么也不能改变的你懂不懂！那女孩的命本该如此，你一个小小的连一点儿修行都没有的小鬼，你以为你能做什么？”星河再次挥手唤出水幕，“你自己看看！你自己再好好看看！你要为她受伤多少次，心碎多少次才能死心？”

站在烈火中的索亦安听到星河的话后将目光移到了那个大水幕的上面，心，再一次受到了重击……

“这种的很好吃，你要不要试试看？”玖稚葵把一串羊肉举到遇宸的面前，“真的很好吃。”

“不喜欢吃这个。”男生不着痕迹地皱了一下眉头，退开小小的一步。

“试一下嘛试一下嘛，太挑食的话会影响长相的啊。”

“你又在胡说八道了。”

“所以，试一试吧！”硬是将羊肉串递到男生的嘴边，玖稚葵满脸天真的笑。

受不了女生的软磨硬泡，遇宸最后还是接下了羊肉串。可羊肉都还没有放到嘴巴里，玖稚葵又把一大盘烫鲜菜端到了他面前。

“这个也很好吃的哟——”

“你是猪投胎吗？”简直没见过比她更能吃的女生了！

“喂！我是好心看你那么瘦想让你吃多一些，好不好？”夹起一大筷子鲜菜送到遇宸的嘴边，“张——嘴——”

“你……”

“你可不能逆我的意啊，我心情可还是没恢复过来呢。”

“你……”

“吃吧吃吧——”趁他开口说话空当将鲜菜塞进了他的嘴巴里，玖稚葵笑得像吃了兴奋剂的老鼠一样，拿着筷子蹦个不停，“很好吃，对吧对吧？”

垂在身侧的手不知不觉握成了拳，索亦安感觉有泪水滑过脸庞。星河依旧在他的耳边叫嚣着，无非是些让他放弃小葵的话。

难道自己的付出，真的是不值得么？他在冥界受尽了苦难，一切都是为了小葵，但她却将他忘得一干二净，甚至还和别的男生暧昧不清。他那么尽心尽力地付出，得到的却只是一次又一次小葵为别人微笑的画面，而他，却仿佛从来没出现在她的生命中一样。

烈火的炙热唤回了他游离的神智，猛地摇了摇头，索亦安抬起手抽自己一个耳光。

他是被火烤晕了头吗？他怎么能那样子想小葵呢？他都已经是个没有实体的魂魄了，凭什么还要求小葵只记得他，只为他而微笑呢？他怎么配有那样的资格！他什么时候已经变得那么自私了？守护小葵一辈子是他自己立下的誓言，他怎么会那么混蛋地想要动摇呢？

“小葵有资格追求她的幸福，你让我看这些干什么？”忍着心痛别过头去，脸色苍白的少年继续他的艰苦之行。

“你！”星河没想到他居然还是那么坚持，不禁气得跳起来，想狠狠地在那张漂亮的脸上揍上几拳。他从来没见过那么傻的鬼！从来都没有！

索亦安心里很明白白无常是为他好，但是他也只能狠心将他的好意推开，因为，从开始到现在，他心里坚持的始终只有那么一个信念——

就算已经人鬼殊途，他也要一直守护他的公主，直到灰飞烟灭的那天。

4.

“问我？什么啊……我才没有呢。不就是跟他在一起走了几条街而已嘛……哎，你要愿意的话你也可以去跟他一起走啊！”从西饼屋买了面包走在回家路上，玖稚葵边匆匆地往家里赶边跟小桑通着手机。

“你少来！他肯定是对你有意思了！对吧？不然……像那他那种王子级的人物，怎么可能会肯和你在一起整整一个晚上啊！而且还去做那么浪漫的事——真是！光想想就得喷鼻血了——与美——少——年——共度浪漫的一天啊——我得做多少回梦才能实现这个愿望啊！”小桑在手机的另一端噼里啪啦地说了一大堆羡慕的话，玖稚葵光想想就能知道她现在是什么花痴样了。

“好了你，再花痴你就没救了！”没好气地回小桑这么一句话，玖稚葵滴溜溜的余光忽然瞄到了令她无比愤怒的一幕！

“不跟你讲了，我要去做正义的女神了！”恶狠狠地丢出这么一句话，没等小桑回话玖稚葵就“啪”地盖上手机的盖子，把手机丢进了口袋里。

她，玖稚葵生平最恨别人做的事情有三大件：一，欺负老人和小孩。二，欺骗别人的感情。三，小贩私自贩卖受保护的鸟类！（最后一件尤为重要……）

可那么不幸的是，她今天却正好就碰见了不知死活，居然当街大大咧咧地卖猫头鹰的——人!

她曾经站对着灯泡发过誓的，这种为了自己的利益残害无辜动物的人渣，她见一个灭一个!

阴沉着脸走到了那个小贩的面前蹲下，玖稚葵强迫自己露出微笑：“这个是猫头鹰？”

“是啊是啊，小妹妹你想买？好吧，大叔看在你长得还算可爱的分上，算你便宜一点儿吧！”为了拉拢女生，那个大叔故作大方地说道。

“真的吗？”玖稚葵做出很开心的表情，伸手指了指关着的鸟笼，“可以打开让我看一下吗？我想挑一只好一点儿的呢——”

“好的好的——当然可以啦！”以为有生意上门的小贩高兴得差点儿没当街就跳起草裙舞，几乎是在玖稚葵的话刚落音的那一秒就“刷”地打开了鸟笼。

奸计得逞的女生眼底闪过得意的笑，在接过鸟笼的那一瞬间猛地一抖，受了惊的猫头鹰便扑棱着翅膀从敞开门的笼子里飞了出去，不一会儿笼子里就连根鸟毛都没有了。

“你……小妹妹你干什么啊！我的鸟！我的鸟啊！”看见自己好不容易才抓到的猫头鹰扑扑翅膀带着自己还没放入口袋的钱飞走了，小贩心痛地边大喊边跟着追出了好长的一段路。

“你！你这个小丫头！谁让你抖鸟笼子的？你不是要挑好的吗？干什么抖笼子！”折回头的小贩看见玖稚葵那张笑得灿烂的脸就光火，差点儿没扇她耳光。

“我就是故意的——我就是故意骗你把笼子门打开好让它们飞走!你这个人渣，你不知道猫头鹰是益鸟吗？居然还敢卖，我没报警让人抓你算你走运了！”面对小贩大叔的凶恶，女生一点儿惧怕的意思都没有，反而更勇敢地迎上去，用恶狠狠的眼神回敬他。

“臭丫头……居然是故意的！你！”小贩大叔被她气得青筋“突突”直跳，抬手就狠狠地推了一把。没想到那小贩居然真的敢动手，一点儿防备都没有的女生一下子便跌倒在地上。

路过的行人见有好戏要上演了，赶紧都靠拢了过来围成一个圆圈，却丝毫没有帮忙化解矛盾的意思。

“你居然敢对一个维护正义的女孩子动手？”彻底被惹怒了的少女将手中的面包一丢，红着眼睛扑向了小贩，厮打了起来。

当然，最后好心人帮忙报了警，厮打在一起的人在被带上警车……

第六章 浪漫告白日

在眼皮合上的那一瞬间

他感觉到戴在脖子上的锦囊的红绳猛地松开了……

1.

完成了冥王的最后一项任务，索亦安终于跪倒在地上。不过他那个帅气的跪姿并没有维持很久，几秒的时间，他的膝盖就猛地一软，整个身体便瘫倒在地上了。在眼皮合上的那一瞬间，他感觉到戴在脖子上的锦囊的红绳猛地松开了，滚到了离他五米远的位置。

经历了冥王一系列的折磨与为难，被月罗和星河架着回到牢里的索亦安基本上只剩下那么浅浅的一口气。

“那个很倔强的小鬼，就是他吗？”迷糊中的索亦安听到一个柔和的女声，稍微地抬起了头，一张担心的脸出现在他的面前。

“你就是那个闹得整个冥界不安的索亦安，对吧？”女人在牢房外蹲下，温和地问他。

“是。”无力的回答。

“我是冥界的勾魂使者。”

不明白女人的意思，索亦安只能茫然地睁着眼睛看着她。她总不可能来到这种地方只是为了向他自我介绍吧？

“想知道那女孩现在的情况吗？”女人柔声问道。

实在没有力气开口讲话了，索亦安只能无力地垂了一下头表示肯定。

女人的嘴角绽开一朵柔柔的笑，从长长的袖子里拿出一面镜子放到他的面前。垂下头默默地聚集了力气，索亦安这才用力地睁大了眼睛望向镜子——

镜子里，蓬着头发的女孩坐在角落里，嘴角有淤青的痕迹，眼睛里盛满的是不甘心和倔强。“小葵！她……她怎么了？”目光掠过少女嘴角的淤青时，索亦安的心狠狠地痛了起来。到底是谁……是谁伤害了他的公主？

“你别慌张。”女人安抚着挣扎着要站起来的少年，“没事的，别担心她。”

怎么能让他不担心呢？那个男子曾经跟他讲过的，小葵的元寿在耗尽之前将会不断地遇到各种灾难。现在她弄成了这个样子，怎么能让他不担心？

"你的女孩，只是太有正义感了，遇上一点儿小麻烦而已。没事的，你不用担心她。相信我吧，她会没事的，有你这样死心地守护着她，她怎么会有事呢？"

索亦安的眼神黯淡了下来。他，真的守护到她了么？为什么他感觉其实自己什么也没有做到呢？如果自己真的守护着她，她也不会受到伤害了。

"来，把你的手伸出来。"

女人的声音仿佛有种奇怪的魔力，会让人不自觉地顺从，索亦安都还没搞明白那女人到底要干些什么就已经迷迷糊糊地将手伸出去了。将那个粉红色的锦囊放到少年的掌心里，女人微微一笑："这是你的东西吧？现在还你，可要收好啊，我知道，这对你来说肯定很重要。"

索亦安惊讶地看着掌心里的锦囊，这才猛地想起他刚刚把它弄丢了。不过，面前这个陌生的女人怎么会知道这是他的呢？又凭什么那么肯定，这锦囊对他来说很重要呢？

"呵呵，我想知道的自然会知道。你不用疑惑了。"将少年的心事看得一清二楚，女人微微笑了起来，"现在，我是来帮助你的。"

"帮助我吗？帮助我什么呢？"

"你不是一直都很想回凡间守护在那女孩身边吗？我就是来帮你完成这个愿望的。"

黯淡的眼神瞬间被点亮，索亦安猛地抬起了头："真的可以吗？"

"可以是可以，但是时间不会很长，你要知道，我也只是一个勾魂使者而已，能做的不多。"

"没关系，能多久就多久，只要能在她的身边就行。"

"嗯，这样就行了，我会帮助你的。你好好地休息吧，不要再做没用的挣扎了，时间到了我自然会来接你，知道吗？"交代完后，女人起身要走。

“等一下。”喊住她，索亦安问，“你……为什么要帮助我？”

“为什么？”女人的嘴边再次浮现艳美的微笑，“因为……我也有过你这样的心情，可惜我做不了……没能守护他……现在帮你，只是为了完成自己未了的夙愿吧。”

2.

抬起手碰了一下微微疼着的嘴角，玖稚葵恶狠狠地看着正接受警察盘问的小贩。

那大叔实在太没品了！虽然说她没长得惹人怜爱，可是也没到一看见她的脸就想挥拳头的地步吧？她是女生啊！未满十八岁的女生！那大叔居然连想都不想一下就跟她开打了！天杀的可恶大叔……

“小子，你终于来了！”小贩大叔见警察局的门被推开后露出了高兴的神色，“快点把我保释出去吧！”

“你怎么又惹麻烦事了？”低沉熟悉的嗓音响起。

坐在角落里的女生抬起了头，便看见了遇宸挺拔的身影。

“你？”看见了玖稚葵的遇宸微微地吃了一惊，眉头拧了起来，“你怎么也在这儿？还有……你的嘴角，怎么……”

“就是这个臭丫头！把我的鸟全部都放走了！”小贩大叔从椅子上蹦起来指着玖稚葵破口大骂，不过最后还是被警察给吼回椅子上乖乖坐着了。

“你这个臭大叔！我是在维护正义！你等着警察给你惩罚吧！”不甘示弱的女生也从椅子上站了起来，恶狠狠地回敬那小贩。

“别吵了！当这里是什么地方！菜市场吗？都给我安静！”一个被吵得实在是不耐烦的警察把手里的记录本狠狠地一摔，虎虎生威地吼了一声。

被警察那么一吼，本来还嗡嗡嗡地吵嚷着的警察局瞬间便安静了下来。

从警察局里出来后一直都是三人行的架势。小贩大叔、遇宸，还有阴沉着一张脸玖稚葵。

“我要回家了！”沉默地跟着他们走了一段路后女生终于开口了。

“我送你吧。”

“不用了！”在走之前狠瞪了那个小贩一眼，“你！以后再让我看见你贩卖猫头鹰的话，我绝对还会想办法把它们放走的！不信就尽管试试看，我才不怕跟你闹！”

“你这个臭丫头……你还想讨打是吧？”没料到玖稚葵居然还敢这么出言威胁他，小贩一副要冲上去给她耳光的架势。不过，他还没开始动手就被遇宸冷冷地握住了手腕。

“叔叔，够了你，欺负一个女孩子很光荣么？”少年冷冷地开口。

叔叔？听见遇宸对小贩大叔的称呼，玖稚猛地瞪大了眼睛。

她可真是看不出这两个人是叔侄的关系啊。性格风度差得远不说，连长相都不靠一点边的……

“这丫头是你的女朋友吗？为什么那么护着她？”没想到自己的侄子居然会不帮自己，小贩大叔气得简直都要炸开来。

“别乱说，她不是。”淡淡地丢开叔叔的手，遇宸转身望向呆愣着的女生，“走吧，我送你回家。”

“你！你！你个臭小子！”尽管小贩大叔在身后叫嚣得可怕，少年的脚步却还是没有减慢半分，像是压根没有听见他的咒骂似的。

“他是你叔叔？真的是你叔叔吗？你怎么有一个贩卖益鸟的叔叔啊？你家不是很有钱吗？”女生终于恢复聒噪的本性，在他耳边叽叽喳喳地吵嚷了起来。

“他是我叔叔没错，还有，我家有钱没钱，跟我叔叔没关系吧？”

“那说得也有道理啦。不过，你确定不是他骗你的？”

“确定。”

“可你们一点儿都不像啊！他……他长得那么丑！而且还那么没有

风度！”

闻言，男生的嘴角弯起了浅浅的微笑，停住了脚步：“你的意思是，我很好看很有风度？好了，走吧，我送你回家。”

“你的脸怎么……”玖稚葵这才猛地注意到男生白皙好看的脸上长了一些小红点点，而且连颈子上都长了好多呢。

“过敏而已。”

“过敏？是花粉过敏症吗？”原谅她讲了这么一个九不搭八的答案吧！因为……她也就只听说过花粉过敏症而已。

“我对羊肉过敏。”

“呃……啊？！你对羊肉过敏啊？”糟糕。自己那天还拼命地让他吃了羊肉串呢！怪不得他一看见羊肉就露出怪怪的表情，原来是对羊肉过敏啊。可是……为什么他不说呢？要是他说了，她怎么也不可能再逼他吃的啊！

“嗯。”

“那你那天为什么不说？我……我……”

“没什么，过两天自然就会消了。”男生的目光淡定宁静，仿佛在说一件与他无关的事一样，不过他的目光在触上女生嘴角的淤青时变了，“你受伤了。”下意识地抬手碰了一下肿起来的嘴角，玖稚葵吃疼地“哎哟”了一声。

“走吧，去买OK绷贴上。”虽然语气还是清清冷冷的，但玖稚葵知道他其实是在关心自己。

有王子病的家伙就是麻烦啊。老是铁青着脸一副“你别靠近我”的表情，不知道他这样子累不累呢？望着男生颀长的背影，玖稚葵的心小小地跳了一下。

这家伙给她的感觉好像越来越不错了呢……

其实，他本来就是很好的一个人。除了性格有点冷酷外，她真的再也找不出他别的缺点了。长得好看，家里有钱，功课又那么好，据说还会弹钢琴，这样的男生，谁会不喜欢呢？怪不得学校里的女生一看见他就一副要全世界疯一圈的癫狂样子啊。

谁会不喜欢？女生被刚刚脑海里闪过的话吓了一跳。这个谁里面……是……包括了自己的吗？

脑筋还愣愣地转不过来的时候，遇宸已经买好了OK绷回来了，居然是那种很可爱的HELLO KITTY图案的。

“你怎么会买这种啊？”她可真没想到他居然会买那么KAWAII的东西呢。

“那种素色的你们女生不是会嫌丑么？”将外面的一层塑料膜撕开，男生微微地弯下腰俯身凑到女生面前，手拿着OK绷轻柔地往她嘴角淤青的地方一贴，脸上流露出些微放心的笑意。“贴几天就会好的。注意不要碰到水，不然会贴不紧。”

听着男生语气冰冷却蕴涵温暖的话，玖稚葵的心没来由地一紧，头慢慢地垂了下去。

“怎么？还有哪里受伤了么？”见她一副很难过的样子，遇宸脸上出现了从没有过的慌乱表情。

眼泪一滴一滴地从眼角滑了下来，玖稚葵由最初的小声抽泣到不由自主地出声大哭。她也不知道自己为什么突然就悲伤得那么无以复加。真的好奇怪。可是，不知道怎么，当她听见遇宸温柔关心的话，她的眼泪就哗啦啦地落了下来，感觉好像是失去了很久的东西失而复得的喜极而泣。

为什么会有这样的感觉呢？她的心里又怎么会生出……想要紧紧地留住这一感觉的强烈念头呢？在一个又一个的问题挤在她面前叫嚣着要答案的时候，她感觉肩膀忽然一紧，接着，下一秒便靠在一个温暖的怀抱里了。

手抚着女生的后颈，将她的头按在自己的怀里，遇宸并不奇怪自己会突然就对她做出这么亲昵的动作。

“不要哭了。”

玖稚葵愣愣地任由男生将她揽在怀里，好久好久了才眯着含泪的眼睛望向他。

“如果真的再也找不到一个人能好好照顾你了，那么，就来我的身边吧。”

悬在眼角的眼泪像是受了惊一般猛地落下，玖稚葵怀疑自己是不是得了幻听。

他刚刚说什么？

修长的手缓缓地抬起，抹去女生眼角未干的泪痕：“不用惊讶，你没听错。”

“我……我……”还是不能相信那样的话出自遇宸的口，玖稚葵用经典的白痴一号的表情定定地盯着他看，就那么一直看，仿佛想从他的表情上找出答案。

“如果你执意要将它当成是不可能的事，那么就当我没说过吧。”轻轻地放开怀里的女生，遇宸的脸上又恢复了冰冷。

“等一下！”慌乱地喊住像是转身要走的男生，玖稚葵伸手扯住了他的衣袖。男生在等待她的答案。

“好吧。”

午后的阳光柔柔地散在相拥着的两人身上，折射出幸福的影子。这样柔和的画面，无论如何联想到的都是粉红色浪漫的幸福未来，对吧？

只是……以后的路真的就会平坦顺利吗？

3.

“什么？”小桑听到她所说的话后瞪大了眼睛，不可置信地盯着她。

“客人，一共是45块。”熟练地计算出价钱，玖稚葵自动将小桑的尖叫过滤掉。

“哎！你干吗不理我？”看着玖稚葵满脸笑容地将客人送走，小桑的嘴巴嘟了起来，伸手用力地在她的肩膀上拍了一下，“你！怎么突然就将万千女生心目中的王子给俘虏了？这么突然……肯定当中发生了一些好玩的事吧？”

“哪有什么好玩的事发生啊，就是在一起了啊，哪有那么多的为什么。”一句话将小桑所有的八卦问题给挡掉，玖稚葵低下头去整理钱柜里的钱。

其实……其实她自己也觉得很不可思议。

之前好像才跟遇宸是水火不容的两个人呢，却那么突然就在一起了，也难怪小桑会那么大惊小怪。想到这儿，女生的脸颊染上淡淡的红晕。跟她在一起的可是全校女生心目中的王子啊——能够做王子的女朋友，应该是很幸福的一件事吧？

“哟——哟——哟——有人的脸——红了——”小桑在一边捧着脸怪叫了起来。

“去死吧！谁脸红了？”在小桑的脑袋上狠狠地拍了一巴掌，玖稚葵嘴巴上虽然硬，但脸上那明显的热度却是自己不能忽略的。

两个人正打闹着的时候，一个老婆婆拿着从超市里挑好的东西放到了收银台前。

“婆婆，一共是30块。”统计出价钱，玖稚葵微笑着向婆婆说。

“你……不是小葵吗？”玖稚葵伸手接过钱要收进钱柜里的时候，那个婆婆忽然紧紧地扯着她的手高兴地喊了起来。

“婆婆……我……你认识我吗？”不知道面前这个看起来白发苍苍的婆婆怎么会知道自己的名字，玖稚葵看着老人家激动得好像找回自己的亲人的样子，也不好意思拨开她的手。会不会是自己刚好长得与她的孙女很像，而她的孙女又那么恰好也叫小葵呢？可是……就像遇宸曾经说过的那样，世界上哪里来那么多巧事？

“小葵，你不记得婆婆了吗？我是李婆婆啊，你和亦安一起帮助过的婆婆啊。对了，亦安我也好久没见了呢，他现在怎么样？你们两个孩子过得都还好吧？”玖稚葵一头雾水地听着婆婆的问题，不知道该怎么回答她。虽然没听明白婆婆的问题，但她没忽略婆婆问题里所提到的那个名字——亦安。这个名字，是第几次出现在她的眼前了？为什么这个名字总是三番五次地出现?

“啊！婆婆你认错人了啦！”在一旁的小桑跳起来跑到婆婆的身边，顾不得婆婆的挣扎，几乎是强硬地将婆婆带到了超市的门口。

“你这孩子怎么这样子啊……小葵！我还有话跟你说呢……小葵……”婆婆还在不依不饶地冲玖稚葵呼喊着，可惜很快就被小桑扶上了一辆公车，被公车载着走了……

“小桑……”望着明显松了一口气的小桑，玖稚葵神情复杂地喊了她一声。

抹了一把额头上沁出的细汗，小桑像猛地回过神来一般，大声地“啊”了一声。

“你也认识那个叫亦安的男生吗?”

“什么啊！什么亦安？我哪认识这么一个人！”玖稚葵没有继续追问下去，只是用那一双清澈的眼睛定定地盯着她看。小桑慌乱地低下头去装做扯袋子给客人装东西。

惨了……

那一切，她以为要被时间掩埋的一切，最终还是瞒不住了吗？她跟小葵身边的人们是那么努力地不去提起关于那个人的事，拼命地制造出他根本没有在她生命里出现过的迹象……现在，这一切的努力都要白费了吗?

如果小葵将关于他的一切都想起来了怎么办?

如果她的记忆真的全部苏醒过来……那么，她世界里的那片清澈蓝天，应该轰然倒塌了吧……

“各位同事，现在已经到了交班的时间，请大家做好交班的准备。”超市的广播里传来提示下班的柔和女声，将小桑与玖稚葵之间尴尬的气氛给打破了。

收拾好东西走出兼职的超市，玖稚葵和小桑人手一串鱼丸，边津津有味地咬着，边沐浴着夕阳往家的方向走去。

傍晚的空气带着夕阳剩余的热度，风有一阵没一阵地吹着，路的两旁尽是颜色柔和的小花小草。

“小葵，以后的日子就是幸福快乐的了。有那——么帅气的一个男朋友，换成我肯定要十天半个月睡不着觉。”狠狠地将竹签上的最后一颗鱼丸吞进肚子里，小桑的语气里尽是酸涩。

“好了你，你装什么呀。那么多人追你，随便挑一个不就行了！听SOSO说，不是有个体育班的男生看上你了吗，你选他不就好。”

“我杀！”双手交叉摆在面前做出十字架的形状，小桑一副“我才不要招惹那种人”的表情，“那种体育班的呆子！全身都是肌肉啊！我最讨厌肌肉男了！”

“你那么挑剔做什么！”真是受不了小桑那种事事都要鸡蛋里挑骨头的性格。

“那可是关乎自己的幸福啊，当然要挑剔了！唉，你捡到好的了当然会那么说啊！哪里会了解我们这些可怜的丑小鸭啊！”吃完竹签上串着的鱼丸，玖稚葵在小桑的脑袋上戳了一下。

“喂！你干吗戳我啊？会笨的！”不甘心自己就这么被欺负，小桑哇哇叫着嚷着说也要在玖稚葵的头上来一下。玖稚葵当然不会笨得呆在原地等她来戳，回头冲小桑挑衅般地做了一个鬼脸便撒开腿跑了起来。

“有种你就给我站住！臭丫头！”嘻嘻哈哈地追在玖稚葵的身后，小桑的威胁里明显带着笑意。

“滴呜——滴呜——滴呜——滴呜——滴呜——”正你追我跑打闹得欢的时候，一辆救护车呼啸着从她们身边开了过去。跑在前面的玖稚葵忽然停下了脚步，目光紧紧地追着那辆已经远去的救护车。

“怎么了？”见玖稚葵一脸奇怪的表情，小桑也收起嘻嘻哈哈的嘴脸疑惑地望向那辆救护车。

“那辆车上躺着的是什么人呢？伤得严不严重呢？他的家人知道他受伤了肯定很伤心吧……”

“怎么突然说这种话呢？”

“没什么！我们走吧——”垂下眼睑掩饰掉那一闪而过的怅然，玖稚葵又换上了笑脸。

在乱成一团的病房里，一个身着白色衣服的女人冷眼看着床上紧闭着眼睛接受急救的少年。

就是他了。

心里响起那么一道嗓音，下一刻，躺在床上的少年的灵魂就被她收到了衣袖里。

闭着眼睛靠着墙修心养气的索亦安听到那轻微的脚步声响起便立刻警觉地睁开了眼睛，映入眼帘的是那个答应要帮他的女人。

或许，应该叫她绿歌了。

“怎么样？这些天的休养有没有让你感觉好点？”绿歌在他面前蹲下，语气依旧轻柔缠绵，如同在与情人低语。

他一直都不懂，这样美的一个女人，怎么会当上勾魂使者呢？

“嗯，已经好了很多，谢谢你的关心。”

绿歌浅浅一笑：“做好准备了吗？”

“什么？”少年有一瞬间的迷惑。

“就要回到你亲爱的女孩身边了，你做好准备了吗？”

第七章 记忆的碎片

……她多么想就这样睡去

从此长眠不醒……这样

就不用再面对自己的罪恶

不用再背负着泪水了……

1.

从早上起床的那一刻就一直在想,今天碰到遇宸时该用什么样的语气跟他打招呼，玖稚葵走到学校大门口了也还是没想出个所以然来。

“亲爱的，早上好啊！”这话一出口，她的脸就猛地烧红了。这都什么跟什么啊！才刚开始交往呢，这么喊也太恶心了吧？而且遇宸看起来也不像是会喜欢那种称谓的人，这么叫了他的话，说不定他马上就决定要跟她分手了呢。

“要不还是这样说吧。”清了清嗓子，玖稚葵尽量做出自然轻松的表情，“你早上好啊——”唉！好像这样也不太妥当吧？总觉得是在刻意和他拉开距离一样……

“你一大早就在这里自言自语些什么？”身后倏忽传来熟悉好听的声音，玖稚葵被突然出现的他狠狠地吓了一跳。

“我……我……你干吗走路没声音啊？吓到我了！”“是你自己太专注了。”男生自然地搂住了她的肩膀，“反正是问候而已，有那么难决定吗？”

没想到他会将自己刚刚的话都听到了耳里，瞪着眼睛听着他那不咸不淡的语气，玖稚葵恨不得钻到地缝里去。真是丢死人了！

遇宸好笑地望着她脸上瞬息万变的表情，伸手扯了扯她的长发：“真是不像你作风。”

“啊？不像我的作风？什么意思？”

“我记得你以前可没有那么害羞的。”

什么啊！他的意思是她以前很大胆很不要脸吗？“你！”伸出食指愤愤地指着笑得一脸灿烂的漂亮少年，玖稚葵怒火冲天。

将她伸直的手指包在手心里，遇宸拉住她的书包背带往教室的方向拖。“走吧，要迟到了。”

不情不愿地跟在男生的身后小跑着，玖稚葵刚想开口喊他的时候，一个路过他们身边的女生却突然停住了脚步，倒退着走回玖稚葵的面前细细地打量起来。

“这……”不知道发生了什么事的玖稚葵只能呆呆地站在原地任由那女生像看猴子似的观察她。

“干什么？”没看见玖稚葵跟上去的遇宸回过头想寻找那个娇小身影，也正好看到了这莫名其妙的一幕。

“你，是不是叫玖稚葵？”将她全身都打量了一遍的女生忽然丢出这么一个问题。

“呃啊？我……我是……”

“啊？真的是你啊？”得到了肯定答案的女生吃了一惊，眼睛里流露出不可置信的神情。

“这位同学，能告诉我……这是怎么了吗？为什么……你会那么吃惊？”

女生推了推压在鼻梁上的眼镜，定定地盯着她的脸看了一会儿之后才缓缓地开口：“看来你什么都不知道吧？”

“我该知道些什么吗？”玖稚葵更加迷茫了。

遇宸走到那女生的面前，语气生硬而冰冷：“别卖关子了，快说到底是什么事。”

“啊……啊！是……是遇同学……”乍一看到遇宸那张漂亮的脸，女生便捂着嘴巴尖叫了起来，脸很糟糕地红成了一片。

“到底是什么事？”男生的语气里已经透出隐隐的不耐烦。

“那个……遇同学你可以帮我签个名吗？签……签这里！”女生像是完全没有听到他的问题，从背包里翻出一支笔，将自己的T-SHIRT拉到遇宸的面前要他签名。

“我问你到底发生了什么事。”伸手打掉女生递过来的笔，遇宸的脸已经完全阴沉下来了。

“BBS……你们上学校的BBS上看……里面有张放了视频的帖子，是关于玖稚葵的……”被遇宸阴沉的脸色吓到的女生不敢再耍花痴了，赶紧老老实实地回答了问题。

“关于我的视频？这……到底是怎么一回事？”

没接她的话，遇宸牵起她的手往教室的反方向走去。

“去哪？”

“笨蛋，想知道的话，现在就去看个究竟啊！”

到微机室的时候刚好碰上值班的老师在开门，胡乱地找了个借口将老师搪塞过去后，两个人挑了一台电脑坐下，直接上了学校的BBS。

SWEET MEMERY?

这两个熟悉的单词一下子就跳进了玖稚葵的眼里。不知道怎么的，她感觉，那张关于她的帖子就是这张……颤抖着手点开了话题，一个视频窗口便弹了出来——

“喂！不准你拍啊！我吃东西的样子那么丑！不许拍！不许拍啊小桑你这个臭丫头！亦安——我们一起去抢她的DV！”画面上，那个分明就是玖稚葵的女孩大声地嚷嚷着，还屡次试图伸手去挡住镜头，却每次都被拍摄的人巧妙地躲开了。她只好向那个坐在草地上吃着烤鸡翅的男生求救。

“没关系啊，小葵才不丑呢。在我眼里，小葵无论什么时候都是那么漂亮。”纯黑色发色的漂亮男生浅浅地笑着，清澈的眼睛里盛满了对玖稚葵的爱恋。

“哇哟哟哟——好——想吐喔——”小桑的声音响起，“还害羞什么嘛！就让我好好地拍一下啊，这样等你们老了也可以回忆一下你们烈火般的青春啊！”

“你到底是好意还是挖苦啊？想死了吧你？亦安！小桑太放肆了！来，别吃了！我们一起修理这个欠扁的臭丫头吧！不然，她不会知道花儿为什么会这样红的！”

“哇呀呀呀！”小桑的声音拔高了起来，“索亦安！你们家夫人好凶！管管她吧——不然以后可要变成母夜叉了啊！”

小桑的话刚落音，镜头就剧烈地摇晃了起来，看样子应该是玖稚葵扑上去与她抢DV造成的吧。之后又有一些嘻嘻哈哈的杂音响起，视频片段到这里就戛然而止了。

握着鼠标的手的温度迅速地退去，玖稚葵的嘴唇一下子就苍白得连一点儿颜色都没有了。她用了很大的努力才强忍住颤抖点下播放键，重新将那个视频片段看了一次，这次看完后她整个身体都颤抖了起来。

“小葵？”坐在她身旁的遇宸显然知道这段视频对她来说有什么样的意义。或许是她跟前男友的视频吧。但是，为什么她的反应会这样激烈呢？是因为怕他介意吗？握住她冰凉的手，遇宸轻柔地说：“我不介意的，过去的事就让它过去，没关系的。”

“砰！”微机室虚掩着的门忽然被人撞开，小桑惊慌失措的身影出现在了微机室的门口：“小葵，不要上我们学校的BBS啊！”

石化一般坐在电脑前一动不动的玖稚葵，听到了小桑的声音之后才猛地回过神来，她望向站在门口的小桑刚想开口，头部一阵剧烈的疼痛袭来，潮水般的黑暗，覆盖过她明亮的眼睛……

醒过来的时候她已躺在学校的医务室里，陪在她身边的是一脸焦急的小桑和遇宸。一恢复了意识，玖稚葵便又想起了在学校BBS上看到的视频了……

“怎么样？感觉还好吗？”看见她缓缓地睁开了眼睛，遇宸伸手握住她冰凉的左手。

“嗯。”心里依旧涨满满的难过，玖稚葵望向低着头一句话也没有说的小桑。

“小桑……索亦安到底是谁呢？到现在了……你还是不肯告诉我吗？我和他到底是什么关系，我们之间到底发生了什么事，他现在去了哪里，这些问题，你都一一地回答我好吗？”

“不好不好不好！”一直沉默着的小桑咬着嘴唇死命地摇头，“小葵，我不告诉你是为你好！我真的是为你好的啊！求求你不要再问我了！”

“为什么不告诉我？我是不是失去了一部分的记忆？那个叫索亦安的男生是在那部分记忆里面的，对吧？为什么你们都不肯把事实告诉我？为什么？”推开遇宸的手，玖稚葵哭着冲小桑大喊了起来。她知道的，那个男生对她来说一定是非常重要的人。不然为什么在听见他的名字，看见他的脸的时候，她的心会痛得那么无以复加呢？那么重要的人，她却将他忘得一干二净，脑海里丝毫没有关于他的信息，他对她来说，比陌生人还要陌生，这怎么叫她不心痛呢？

“她不肯告诉你，那么就让我来告诉你！”医务室的门口不知道什么时候出现了一个披着长发的女生，她清澈明亮的眼神射出的是恶狠狠的光芒，“玖稚葵，我们，终于又见面了！”

2.

“我想这里应该没我的事了吧？那么，我先走了。”坐在一旁的遇宸站起身，深深地看了低泣着的玖稚葵一眼后便走向了医务室的门口。

一步，两步……十五步，直到他彻底离开了医务室，他亲爱的女孩，小葵，从头到尾都没有喊过他一声。

“你是谁？”抬起手用力地擦了擦被泪水模糊了的眼睛，玖稚葵看向那个盯着她冷笑个不停的女生。

“橘瑞雪。”

“哦。”

“你真的把所有的东西都忘记了么？忘记得一干二净了？”

“够了，橘瑞雪！视频是你放到我们学校的BBS上的对吧？你是来挑拨的话立刻给我滚出去！不要逼我骂难听的话！”小桑张开双臂挡在玖稚葵面前，“你现在来跟小葵说这些有什么用？让她难过，你就很开心了对吗？你妈怎么会那么有本事，把你生得那么变态啊！”

“该滚开的人应该是你。”语气轻柔却让人不寒而栗，橘瑞雪微微地一笑，“玖稚葵，你凭什么要活得那么没有负担？一切都是因你而起的，你怎么还好意思将所有的罪过忘得一干二净后高高兴兴地继续生活？你没有这样的资格！”犀利的话如巨石一般狠狠地砸在脸色苍白的女生身上，她瑟缩在小桑的身后，承受着橘瑞雪的怒气。对她来说，这愤怒的指责简直来得莫名其妙，她不知道她到底做错了什么，让眼前这个女生恨不得拿刀捅死她。

“闭嘴！”知道那疯女人要将所有的事实说出来了，小桑扑上去要捂住她的嘴，并且想要将她拖出医务室。可是，瘦弱的小桑怎么可能制止得了她呢？她只是微微地一笑，很轻易地就将小桑的双手反剪到身后，朝着玖稚葵逼进了好几步。

“索亦安，这个曾经让你爱到欲罢不能的人，你忘记了对吧？那么，就让我唤醒你的记忆吧。”

“橘瑞雪！你这个疯子！你是魔鬼！你不要说！小葵会受不了的！你这个疯婆子，你给我闭嘴！”小桑拼命地挣扎着想脱开橘瑞雪的钳制，可她没想到这个外表看起来柔柔弱弱的女生居然会有那么大的力量，无论她怎么挣扎都无济于事。

没有理会小桑的尖叫，橘瑞雪浅褐色的瞳仁忽然染上了深深的悲伤，她狠狠地瞪向已经满脸泪痕的玖稚葵：“玖稚葵……你知道吗？如果可以的话，我真想把你杀掉！你怎么可以……怎么可以利用亦安对你的宠溺，肆意地要求这个要求那个？如果不是因为你该死的说要去海边捡贝壳……亦安……我亲爱的亦安根本不会死掉……都是因为你！都是因为你这个只会想到自己的臭丫头！”眼泪顺着橘瑞雪白皙的脸颊往下滑，她漂亮的脸上写满了浓浓的悲伤。讲到最后，她居然“扑通”跪倒在地上，撕心裂肺地哭喊了起来。

得到自由的小桑连忙冲到玖稚葵的身边扶住她：“不要听她胡说，她是疯子，从精神病医院里跑出来的！不要相信她的话，走！我帮你请假，你今天不要上课了，在家里休息吧！”

“小葵？”发现玖稚葵站在原地一动不动，一点儿也没有要走的意思，小桑诧异地喊了她一声。

“你还要骗我到什么时候？小桑……你们到底……要瞒我瞒到什么时候？”抬起布满了泪水的脸，玖稚葵哭红的双眼里盛满的都是毁天灭地的悲伤。

“小葵，你……”

玖稚葵没有理会小桑惊讶的眼神，把脸转向了跪在地上呜呜地哭着的橘瑞雪：“你……告诉我，索亦安……是我很重要的人吗？”

“不重要的话，当初为什么不把他让给我？当初你为什么要哭着说你爱他？如果他不重要的话！玖稚葵！你该死！他为你做了那么多，甚至赔上自己的命，你怎么可以忘记他！就算忘记全世界，你也不应该忘记他！”橘瑞雪猛地从地上站了起来，在小桑反应过来之前扑向如木偶一般呆呆地站着的玖稚葵，抬起手用力地在她的右脸颊上扇了一个耳光。

“橘瑞雪你不要太过分了！”小桑冲过去抓住橘瑞雪的手，用力地将她推到一边去，又急忙跑到跌在地上的玖稚葵身边。

“真的是那样的吗？索亦安他……他是我非常重要的人，对不对？以前的我……很爱很爱他，对不对？因为我的任性，他……死掉了，对不对？小桑……都告诉我好不好？如果真的是那么重要的人……我怎么可以忘记他……我怎么可以……”咬着牙拼命地命令自己快点将那一片不该空白的记忆想起，玖稚葵忍受着那一波又一波的头痛。

“不是的！不是的！他才不是你很爱很爱的人！你现在该爱的人是遇宸才对啊！你们不是前几天才在一起吗？你们才是一对啊！世界上根本没有索亦安这个人！你不要听那个莫名其妙的女人的话啊……我说了她是疯子！她是疯子啊！”

“是啊，我是疯子！从亦安死去的那天开始我就是疯子了！”橘瑞雪恨恨地看着玖稚葵，“所有的人都因为你而痛苦着，你却可以因为失忆就不用负担一切，开开心心地生活，甚至与别的男生开始新的恋情。玖稚葵，亦安果然没有说错啊，你是天生的公主，连上天都帮着你都护着你！”

橘瑞雪的指责，小桑响在耳边的尖叫，那个叫索亦安的男生温柔的眼神，遇宸淡漠的表情……这一切交织成了漫天的黑暗，疯狂地将她席卷到另一个未知的地方……

如果可以的话……

她多么想就这样睡去，从此长眠不醒……

这样，就不用再面对自己的罪恶，不用再背负着泪水了……

3.

“你做好准备了吗？”绿歌柔和的声音又一次在病房里响起，唤回索亦安游离的神智。

“我可以知道，这到底是怎么一回事吗？”他不想因为他而伤害到别的人，他不想。

“放心吧，不会伤害到任何人的。”绿歌感动于他的善良，“来，站起身吧。”

艰难地直起腰，索亦安慢慢地扶着墙站了起来。绿歌微微地笑了笑，长长的衣袖一挥，一个透明的灵魂从她的衣袖里钻了出来。那个灵魂，无论是身形还是脸部轮廓，都与他有七八分相似，不认真看的话，会将他们看成一个人。

“来，我先把你收进袖子里，到时候自然会放你出来的，不要害怕。”绿歌的声音还回荡在耳边，索亦安就已经身处一片黑暗中了。

再见到阳光的时候他已经在一间医院的病房里了，他眼神复杂地看着那名紧闭着眼睛躺在病床上的少年，有一瞬间的迟疑。

“怎么了？进入他的身体啊。”绿歌看出了他的犹豫，不禁出声催促道。

“这样好吗？”

“这样不好吗？”绿歌回望他，“我只能想到这样的办法了。你放心，你进入他的身体不会对他造成伤害的，我保证。”

“那你……你这样帮我，冥王知道吗？”

“怎么可能让他知道，我是偷偷干的。”绿歌的嘴角掀起一抹苦笑，“不要再问了，快点进入他的身体吧！”

“绿歌，谢谢你。”深深地看了她一眼，少年透明的魂魄与躺在

病床上的少年融为了一体。亲眼看着索亦安进入了那个身躯，绿歌紧绷着的神经终于轻松了下来。她俯到依旧紧闭着眼睛的少年的耳边，小声地对他耳语着："听着，迟一些，你亲爱的公主也会来到这家医院，至于到底住的是哪间病房，这个我就不能再告诉你了。我能帮你的只有那么多，接下来就要靠你自己努力了。还有，这件事冥王迟早会知道的，当他知道的那天，也就是你的魂魄离开这个身体的日子，所以，接下来该怎么做，希望你都能把握好。我……走了，亦安，要加油。"说完之后，绿歌白色的身影渐渐地散去了。躺在床上的少年滑落一滴晶莹的泪。

绿歌，真的，谢谢你。

橘瑞雪在医务室里所说过的话深深地纠缠着她，那些话就如同怪物一般，恶狠狠地嘶吼着要将她吞噬。"对不起！"泪流满面地从噩梦中醒来，玖稚葵喊得撕心裂肺。还没来得及睁开眼睛看清楚自己身处何处，玖稚葵就已经被搂入一个温暖的怀抱。

熟悉的冰冷气息，手臂却温温地贴着她的脊背。

是遇宸。

"遇宸……对不起……我真的……真的不想忘记他啊……可是我……咳咳……我真的一点儿都不记得了……妈妈没有对我说……小桑也没有对我说……她们都不跟我讲……我怎么会知道……咳咳咳咳……"像是抓住唯一的救命稻草，苍白着脸的少女用力地缠上男生的肩膀，把头深深地埋在他的怀里，仿佛那里是全世界最安全的地方。

手轻轻地拍着她薄弱的脊背，遇宸的眉头紧紧地拧在了一起。她每一句哭喊，都像是尖锐的针一般，狠狠地扎在他的心上。

"没事的……没有谁怪你。那本来就是不开心的事，忘记了不是更好吗？"依旧是淡淡的语气，却糅合了遇宸少见的温柔。

"遇宸……那个叫橘瑞雪的女孩子说，是我害死索亦安的……是我害死他的……我现在还忘记了他……我是不是很坏？是不是？"情绪极度不稳定的她紧紧地扯着少年的衣袖不停地问着，大大的眼睛里全是惊恐。

“没有，你太紧张了，乖——好好地睡一下好不好？睡一觉醒来就什么事也没有了。”看着她惊恐的样子，遇宸的心沉沉地痛了起来。

“那你不要走……不要走……”像是怕遇宸走掉，玖稚葵紧紧地抓住他的手，好像一松手他就会凭空消失了一样。

“我不走，你睡吧。”按着她的肩膀让她躺下，确定她已经沉沉地睡过去了遇宸才小心地抽出自己的手，替她盖好了被子，轻轻地走出了病房。

“她怎么样？”看见遇宸出来了，等在外面的小桑猛地从椅子上跳了起来。

“没事，就是情绪不太稳定。”

“都怪我……如果我能拉住橘瑞雪那个疯女人的话，小葵就不会知道这些了。”小桑垂下了头，把一切过错都揽到自己身上。

“这，到底是怎么一回事？”他对别人的事从来都不感兴趣，也不想感兴趣。可是这一次，他却那么想将整件事从头到尾都了解清楚，因为那关系到玖稚葵，那个在他心里占据着重要的位置的女孩子。

“不要问我好吗？我……我真的不想说……为什么你们都要把真相挖出来？我们这些朋友和小葵的亲人瞒得那么辛苦，就是因为不想她知道任何关于这件事的事，为什么却不断地有人插进来要揭穿这件事呢。”小桑捂住脸蹲在地上哀哀地低泣了起来。

“小桑……”玖太太的声音苦涩地响起。

“玖伯母。”埋在手臂里的脸抬了起来，小桑惊讶地看着一脸悲伤地出现在病房门口的玖太太。

“如果真的再也瞒不了了，那么，就让我们帮助小葵去勇敢地面对吧。”

“可是伯母，小葵她……她真的会受不了啊！当初我们把这一切都隐瞒起来，就是因为怕小葵想起来会太过伤心，现在既然她依旧没有恢复记忆的迹象，为什么我们不继续隐瞒下去呢？只要一口咬定什么都没发生过不就行了？”

玖太太淡笑着摇了摇头：“你以为小葵是几岁的小孩子？算了，既然事情都成这个样子了，我们也只好顺着它发展了。现在要做的，是先安抚好小葵的情绪，然后再将事情慢慢地告诉她吧。”

“真的只能这样子了吗？”小桑眼角还悬着一颗泪珠，声音哽咽地问道。她是真的不愿意看见小葵受伤害，就算她自己受伤了，她也不愿意小葵受伤。她是在亦安临终之前答应过他的啊，她那么坚定地告诉他，她会代替他好好地看着小葵，好好地照顾她，不让她受一丝的伤害。

可是现在却……

“索亦安是吗？”一直沉默着的遇宸终于开了口。

“你是……”玖太太望着面前这个陌生而好看的少年，表情有些疑惑。

“我是小葵的男朋友遇宸，伯母您好。”

“原来是小葵的男朋友啊……”玖太太晦涩的脸上终于迸射出一点光彩了，“不好意思啊，刚刚光顾着和小桑说话，都没注意到你呢。”

“哪里的话，我刚刚也没有向伯母您打招呼呢，该说不好意思的是我才对。”

“遇宸是吗？”沉默了一会儿之后，玖太太直视少年清澈的眼眸，“我可以拜托你一件事吗？”

“伯母您说。”

“请你……一定要带着小葵走出亦安的阴影，她不能永远陷在回忆的漩涡里不出来。现在，她相信的人大概也只有你了吧？因为我跟小桑都骗了她太多了……已经不能再取得她的信任了……所以，请你一定要替我们照顾好她，让她重新接受没有亦安的生活！”

安静地听玖太太说完了这些话，遇宸的脸上没有丝毫的表情起伏。

“如果连我也不能呢？”

“我相信你能的，你也必须能。好了，小葵看样子要在医院里住几天，我一接到小桑的电话就急忙忙地赶来了，也忘记给她收拾几件换洗的衣服，我现在回去拿，小葵就拜托你先照看一下了。”

“伯母请等一下，我也和您一起走吧。”喊住转身要走的玖太太，小桑看了遇宸一眼之后便跟上玖太太的步伐，与她一起走出了医院的大门。像是所有的力气都被突然抽光了，遇宸无力地靠到了医院洁白的墙上，清澈的眼睛里流转着无尽的悲伤。

玖稚葵的妈妈刚刚所说的话再次在他的脑海里响起，男生垂在身侧的手不自觉当中就握成了拳，指甲狠狠地掐进了掌心里。

小葵，我相信自己能带你走出那一片黑暗的，只要你安心地跟在我的身后，我就能为你撑出一片无雨无风的天空。

4.

索亦安躺在病床上，睫毛轻颤了几下之后，缓缓地把眼睛睁开了。他定定地盯着头顶的天花板，看了好半天才意识到现在的自己已经不是一个无依无靠的灵魂了，他有身体了。

猛地推开盖在身上的被子坐了起来，索亦安跳下病床后便朝房间门口跑去。没想到门才刚拉开，外面就涌进了一大堆人。

“臭小子你醒啦？我就说你不可能那么快就挂掉的嘛！”一个头发染得五颜六色的男生用力地在他的肩膀上拍了一巴掌，大剌剌地搂住他哈哈大笑了起来。

“御加你真的很没品！明明现在精神都那么好，干吗那时候脸色苍白得像死人一样？吓得我们这班朋友差点儿连命都没有了啊。”穿着小背心和迷你裙，把头发烫成惹眼的大波浪卷发的一个矮个子女生凑到了他的身边，细声细气地埋怨道。

“我……我……”看着挤在他面前的那群陌生人，索亦安想随便就将那群人给糊弄过去。

“哎？你们有没有发现御加好像有点儿不一样了？”不知道哪个人

忽然喊了这么一句话，那群家伙全部都奇怪地盯着他的脸细细地打量了起来。

天……他们不会看出来了吧？索亦安紧张得沁出了细细密密的汗珠。

“我也觉得有点怪，这小子以前一看见我们可亲热了，怎么现在一副别别扭扭的样子呢？”一个染着黄毛的家伙歪着嘴巴附和道。

“喂！”矮个子女生拔高声音大吼了一声之后张开双臂挡到了索亦安的面前，“你们这些家伙够了吧？即使是精力旺盛的御加，出了车祸受了伤，当然会跟平常不一样的啊！他是病人！你能指望一个病人陪你去冲锋陷阵？！”

被女生堵得无话可说的黄毛只好退到一边去，其他家伙自然也不敢再多说些什么了。

“御加，你是不是还觉得不舒服呢？要不要再躺一下？”对着那群朋友是一副夜叉样，转身对“御加”说话的时候，声音却又轻又柔。不用想也知道这女生肯定是对“御加”有意思啦！

“还……还好了，谢谢关心。”不知道该怎么应付这个总是缠着他的女生，索亦安只能一次又一次地往后倒退着，想要拉开他们之间的距离。

“天啦！御哥你是撞到脑袋了吧你？你居然……居然会跟别人说谢谢？这简直比恐龙复活还稀罕啊！”退到一边的黄毛再次哇哇乱叫起来，而且还要伸手去摸他的额头。

“啪！”黄毛的手还没够着索亦安的额头，就被女生狠狠地拍了回去。

“耗子！你想死是吗？谁准你乱说乱摸御加的？！”

“刘溪若你又不是御哥的女朋友！凭什么管这管那的啊？”耗子捂着被拍疼的手怪叫起来。

“你们这些臭小子！让你来探望病人的！谁让你们来捣乱了啊？出去出去！都给我出去！”像是被说中心事一般，刘溪若的脸烧红了起来，大叫大嚷着把那些跟着耗子一起起哄的家伙轰出了病房，直到病房再次安静下来了，她拔高的声音才稍稍地低了一些。望着站在墙角一脸不自然的索亦安，刘溪若的脸又微微地红了起来。

“你……你别管那些臭小子啦！他们口没遮拦你又不是不知道！所以，他们的话你也别信！”

“呃……好。”这女生还挺可爱的，明明对御加喜欢得要死，却又硬着脖子大声否认。这倔强的性格……跟小葵真的好像呢……

对了！小葵！绿歌之前告诉过他的，她说小葵也会进这家医院。小葵怎么会进医院呢？难道她出了什么意外吗？

“在死去之前，将会不断地遭遇到一些灾难……”男子的话又回荡在他的脑海里，他的心狠狠地一跳，恨不得马上就冲出病房。可是……面前这个叫刘溪若的女生根本没有离开的意思，他要找什么借口出去呢？

“不过，我发现你出了车祸之后是有点儿奇怪呢，至少……性格上真的是变了那么一点儿。你……你的头真的没有受伤吗？”刘溪若小心翼翼地看了他一眼，轻声问道。

“啊？”索亦安听到刘溪若的疑问后，慌忙将神游天外的注意力拉了回来，不好意思地冲她微微一笑，“你这么一说，我的头好像还真的有点痛呢。”

“什么？”索亦安的话刚落音刘溪若就尖叫起来了，“果然是撞到头了吗？我去找医生来！”

“不……”索亦安刚想开口说“没事的，不用麻烦了”的时候，刘溪若已经边尖叫着跑出了病房，将索亦安未能说出口的半句话硬生生地关在了身后。不过这样也正好，趁她不在，他就可以脱身去找小葵了！只是，那么大的一家医院，要怎么找呢？不管了，还是先出去再说吧！这么想着索亦安便迅速地跑了出去，为了避免碰见刘溪若，他还特意不坐电梯而改成了跑楼梯。

“请问……叫玖稚葵的病人住在几号病房呢？”在医院里转了好几

圈还是没看见小葵的身影，索亦安最后还是硬着头皮去了护士值班台询问道。正看着杂志打发时间的护士懒懒地抬头看了满脸焦急的索亦安一眼，注意到他身上的病号服。

“你也是病人吧？不好好在病房里呆着休息，跑出来出了事的话，医院怎么负责得起？快点回你自己的病房里去！不要问一些有的没的了！”虽然第一眼看见索亦安的时候，小护士在心里微微地感叹了一下他的帅气，但是帅气归帅气，医院的规矩可不能坏的呀！

“拜托你了！这对我来说是很重要的，麻烦你告诉我好不好？”早知道穿着病号服来问会带出那么多的麻烦，他就把那一身烦死人的衣服给换掉了。

“不行不行！你哪个病房的呀？我送你回去吧——”摸清他住哪个病房，以后就可以找借口经常去看帅哥了！

“我……”

“御加，你怎么跑这儿来了？害我带着医生找了你好久呢！你不是说头疼吗？快回病房里让医生好好检查一下！”哀求的话都还没说出口，刘溪若的大嗓门远远地就传了过来。索亦安身子一软，斜斜地靠在了护士值班台上。这下惨了，那个女生一副很担心他的模样，恐怕接下来的日子24小时都要守在他的身边看着他了吧？

风风火火一脸急躁地冲到索亦安面前，刘溪若的眼底闪过埋怨的神色：“唉！你这个病人怎么不好好地在病房里躺着啊？跑来这里干吗？害我以为你出了什么事，差点儿让医生发动全医院的人去找你呢。”

“在床上躺了太久，所以出来活动一下。”

“那在病房周围走动一下就好了！干吗跑那么远！”

“你这个做家属的不好好照顾好病人，在这里指着他大吵大闹干什么？”猛地将手里的杂志放下，小护士瞪着眼睛教训了刘溪若一顿，又换上了温柔的表情将脸转向索亦安，“来，我扶你回病房休息吧！”看着那个小护士盯着索亦安的样子刘溪若就光火，她气呼呼地一把将索亦安拉到她的身后，以母鸡保护小鸡的姿态昂着头对她一字一顿地说道：

“不——必——麻——烦——你——了！”刘溪若语气尖锐，像是甩了那个小护士一巴掌似的，小护士的脸颊顿时就火辣辣地红成了一片。

“御加，走吧。”顺利地击退了敌人，刘溪若甩了甩她的卷发，拉起索亦安的手就要走。

心里那丝微弱的希望火光完全熄灭了，索亦安有种被击垮的挫败感。如果现在跟着刘溪若回到病房的话，恐怕就再也没有出来的机会了。面前这个叫刘溪若的女孩子那么喜欢御加，一定会强迫他好好地呆在病房里休息，哪儿也不许他去的！

不情愿地被女生扯着要进电梯，飞速地转动着脑筋寻找逃脱方式的索亦安忽然看到了一个挺拔修长的身影，是曾经在水幕中看到的那个和小葵拥吻的男生！喉咙一紧，索亦安忽然像被一只无形的手紧紧地攥住了心脏，痛得难以呼吸。这就是他的情敌吗？挺拔修长的身材，冷漠的气质，刀刻般精致的五官以及如同黑宝石般夺目的眼眸。就是这个优秀俊美得如同天神的男生，代替了他守护在小葵的身边吗？

“等一下！”犹豫了许久，最终还是开口喊住了他，索亦安感觉自己的手指关节越收越紧，一阵又一阵异样的电流流窜蹿过他的血液。往前走着的遇宸下意识地停住了脚步，缓缓地转身望向了声源处。四道灼灼的目光穿破空气碰在了一起，有细微的火花在空气中跳动。

“御加，你认识这个男生吗？”伸手按住电梯的按钮不让电梯门合上，刘溪若将疑惑的目光投向了身体僵直的索亦安。

“没有，不认识。”沉默了一会儿，索亦安才低低地应了这么一声，捏紧的拳头也松开了。

“那我松开按钮了喔。”

“嗯。”

银灰色的电梯门缓缓地合上，将目光激烈地对视着的两个少年彻底阻隔了开来。

第八章 双城王子战

……自从遇见你的那天起
我的心就不再属于我自己
不管上天下地
都看见你
想念如影随形……

1.

“你为什么要这样做？难道你不知道这样做的风险有多大吗？一旦被冥王发现了，你们两个都逃不了的！”望了一眼安静地伏在牢房里与索亦安脸部轮廓相似的少年，星河的声音不自觉地拔高了起来。

“我当然知道。”绿歌拿起垂落在脸颊边的发丝嗅了嗅，一脸平静地回答道。

“那为什么你还要这样做？本来只要将那小子关几天，让他好好地想想，他就不会再妄想那么多了！但现在你这样做，你知道会让事情发展成什么样子吗？你不但会害死自己，也会害死他的！”

“谁会在乎那些？”绿歌扯了扯嘴角，“如果想做，那么就要不顾一切地去做，不然带着遗憾活着，那有什么意思？”

“你们都疯了……”

“也许吧。”女子轻声地笑。

“他我还能理解，但是你呢？这件事根本与你无关，你为什么要搅和进去？为什么要帮他？”

一丝让人来不及捕捉的哀伤闪过绿歌的眼底，她的嘴角动了动，最终却化为轻佻又让人捉摸不透的笑。

“这次可要乖乖地躺着好好休息，哪儿也不许去了啊。”将索亦安拽回了病房里，刘溪若叉着腰向他下了这么一道圣旨。

在心里轻叹了一口气，索亦安无力地垮下了肩膀。他就知道肯定会是这样的结果。“好。我好好休息。”知道胳膊拧不过大腿，索亦安干脆乖乖地躺回了病床。搬了一张椅子在病床边上坐了下来，刘溪若听见索亦安的话后猛地瞪大了眼睛，差点儿没从椅子上摔下来：“你……你刚刚那是什么语气？”

恩？什么什么语气？他刚刚的语气有问题吗？

“你……你居然说好？天呐！你江御加老大的字典里不是没有‘顺

从'两个字么？我还以为我刚刚那样子对你说话，你至少要吼我一顿呢！没想到你居然一点儿举动都没有……真是太不可思议了……"

"是吗？"躺在床上的男生的声音忽然低沉了下来，"讲够了没有？讲够了就给我滚出去，叽叽歪歪的吵死了。"平静却不容抗拒的冷冷语气，男生态度的转变之快让刘溪若感到不可思议。

"我……"

"要讲第二遍吗？"更冷的语气。

"是，我会出去的。"被男生凛冽的气势压倒，刘溪若的声音也低了下去，但语气里依旧是有着坚持，"可是你要好好地休息，不可以溜号。我会在病房外面守着你的，就算你怪我鸡婆……我也还是要管了！"

"你……"

"我出去了。"丢下简单的四个字，女生便飞快地冲出了病房，重重地摔上了房门。

直到整个病房都安静得能够听到尘埃落在地上的声音了，索亦安脸上伪装的表情才剥落下来。想起刚刚刘溪若眼底闪过淡淡的受伤神色，索亦安的心紧了紧。对她说那么过分的话，其实也是出于无奈。如果不想办法把她从房间里支开，他就不能去找小葵了。可是，她刚刚所说的话彻底地将他未成型的梦打了个粉碎，望了一眼病房的门，他能想象得到刘溪若现在精神奕奕地在外面守着的样子。"现在到底该怎么办呢？"躺在床上，眼睛抓住天花板的一个点愣愣地盯着看，索亦安的脑海里一片绝望的空白。

绿歌冒着危险帮他进入了江御加的身体，可他却笨拙得要命，难道就这样等着冥王发现他们的事，被抓回冥界受惩罚吗？

"对了！灵魂！"猛地从床上坐了起来，索亦安这才想到虽然他现在的这个身体不可以走出病房，但他可以灵魂出窍啊！只要他的肉身在床上躺好，他的灵魂不是有很多时间可以去找小葵了吗？

深吸了一口气躺回床上，索亦安尽力让自己的脑袋保持清醒而身体进入沉睡的状态，大概过了五分钟左右，他便感觉到有股力量轻轻地往外扯动着，再回过神的时候他已经从江御加的肉体里脱离了出来，飘在半空中了。望了一眼躺在床上进入沉睡的少年，索亦安毫不犹豫地穿过了那扇紧紧闭着的门。

“哼……谁想管你啊！有什么了不起……老是这样吼人……臭江御加！你这聋子加瞎子！全世界的人都知道我喜欢你！只有你这个笨蛋！老是将我的真心当垃圾！恨死你了……混蛋……混蛋！哼！”索亦安首先听到的就是门口的刘溪若愤愤的嘀咕声。望着女生不断朝紧闭的病房门张牙舞爪的凶恶样，索亦安不禁失笑。无奈地扯了扯嘴角，男生绕开她走向了楼梯口。他要再去一次护士值班台，既然那个护士不肯帮他查，那么他只好自己动手了。

“我是林尹晓病患的家属，麻烦你帮我查一下林尹晓住几号病房可以吗？”一个中年大婶满头大汗跑到了护士值班台前，眼睛里流露出来的全是焦急的神色。

“等一下。”值班的那个小护士依旧是一副没睡醒的样子，动作拖沓地丢下手中的杂志，转过身慢慢地在电脑上查询。

“118号病房。”

“谢谢。”终于拿到想要的答案，中年大婶道过谢后便匆匆地离开了护士值班台。

将小护士查询病房号的办法牢牢地记在了脑海里，索亦安透明的身体穿过那张半圆形的值班台走到了电脑前。

玖稚葵，502号病房。

欣喜的笑意浮上他的嘴角，都还没将电脑屏幕上显示的页面恢复原样，索亦安便急急忙忙地朝502号病房跑了过去。

“刚刚……好像是键盘在响……是吧？”疑惑又带点颤抖的女声响起，视线触到了与刚才不同的电脑屏幕上，小护士几乎是在尖叫声冲出喉咙的那一刻就昏倒在了值班台上。

2.

从睡梦中醒过来的玖稚葵惊恐地发现偌大的病房里除了她自己之外，再也没有别的人了。

玖太太不在。遇宸不在。小桑也不在。

大家都不在了。

轮廓模糊的世界里，只有她一个人蜷缩在角落里，可怕的安静让她的心揪紧了起来，脑海中翻飞的记忆碎片让她的头沉沉地开始疼痛，眼泪再一次不受控制地涌出了泛红的眼眶。

“遇宸……你在哪里……你说过不走的……为什么你还是走了……遇宸你在哪里……到底……在哪……”赤着脚跳下了病床，玖稚葵靠着冰凉的墙壁慢慢地滑坐在地上，整个人缩成了小小的一团，头深深地埋在了手臂里，肩膀因为抽泣而不停地抖动着。

心如撕裂般地疼痛着，耳边充斥着的是她揪心的低泣。站在病房中央的索亦安，从进入到病房的那一刻开始，全身就只有一种感觉——

痛。痛。痛。

小葵……你怎么哭了呢？为什么要哭啊？你看……我不是在这里么？我在这里守护你啊！所以……请不要哭了。你的眼泪总是那么容易就将我的心冲乱……你一哭，世界就坍塌成了一片废墟……所以，亲爱的公主……请你不要哭了好吗……

“为什么你们都不在……我好怕……真的好怕……”低低的呜咽声从手臂里传来，女生缩在角落里的身体颤抖得更加厉害了。

玖稚葵的哭声像尖利的匕首，每一声低泣都像在他裸露的皮肤上划出一条血淋淋的伤口，血腥且疼痛。不自觉地走向了缩在角落里的女生，伸出手要将她拥入怀抱，可是当他的手臂穿过了她的身体，只抓到了一把空气之后，他才绝望地发现，他不能碰触她。此刻，他是灵魂，她是人。

人鬼殊途。

“砰！”病房的门被突兀地打开，那个俊美的男生从外面进来，然后做了一个简单，却可能是他一辈子也做不到的动作——

男生修长的手臂一伸，握住玖稚葵颤抖着的瘦弱肩膀，将她带进了怀里。

闻到男生身上熟悉好闻的气息，玖稚葵卡在喉咙里的哭声终于痛快地爆发了出来，手紧紧地抓着男生的白衬衣，仿佛怕松开了手他就会从身边溜走。

被面前上演的这一幕狠狠地刺痛了，索亦安捏紧了拳头猛地转过身去——

“索亦安，都已经这样子了，你还是不死心吗？”星河面无表情地站在索亦安的面前，零下一度的冰冷语气彻底将他心底的防线冲破了。

“我会灰飞烟灭的，对吧？”像是在说一件与自己不相关的事，少年的语气淡漠得令人害怕。

“为什么你总是不死心？为什么在一次又一次的伤害和心碎之后依旧回到那个女孩的身边？她的心里早就没有你了，你为什么还要这样？为什么你那么固执，你说啊！”语气从平缓到激动，星河简直不能理解索亦安白痴般的执着，“索亦安你知道我现在多想揍你一顿吗？”星河几乎压抑不住心中蹿得一人高的火气。

“答案早就告诉你了，”少年的目光对上他愤怒的眼，“因为我喜欢她，所以必须守护她不让她受到伤害。这件事与绿歌无关，所以，罚我一个灰飞烟灭就行了。请不要向冥王提起绿歌。”

“回到肉身里。”沉默了一会儿，星河才低沉着声音说了这么一句话。

“什么？”

“我让你现在马上回到那个男孩子的身体里。”

“你不是来带我回冥界去的吗？”

“你以为我不向冥王提起，绿歌就会没事了吗？若是那么容易就被你隐瞒过去，他还能掌管整个冥界吗？如果现在将你带了回去，你们两个都难逃一劫。”

索亦安不响，他不知道绿歌是冒了那么大的危险帮助他的。

“所以，你最好不要再以魂魄的方式出来游荡了，要是被别的勾魂使者看见了的话，我也帮不了你。”

“你……”

“我以为你会放弃的，没想到，你居然还坚持着。真是一个脑壳坏掉的傻瓜。”无奈地笑了一下，星河转身要走。

“谢谢你。”他知道，白无常这一转身，就表示放过他了。

“谢什么谢。”已经走出了好几步的星河恶狠狠地回过头，“我是为了绿歌，才不是帮你这个臭小子！麻烦你快点回到江御加的肉身里去吧！不然，被抓到带回去你就真的要灰飞烟灭了。”

“嗯。”淡淡地应了一声，少年迈开腿朝自己的病房走去，在要拐弯下楼梯的时候，他是那么清楚地听到身后传来低沉却清晰的一句话——

“小子，加油吧。”

“不要哭了。”遇宸右手在她湿润的眼下一抹，沾去眼泪。

慢慢地忍住哭声，玖稚葵抬起了满是泪痕的脸：“对不起……我总是那么没用，动不动就哭，我很麻烦吧？”

“没有。你不要想太多了。”扶她到床上躺下，将白色的薄被掖到她的下巴，遇宸冲她淡淡一笑。要抽回去的手指一紧，女生手指的冰凉清晰地传递到他手背的皮肤上。

“我喜欢你。”

男生微微地愣住，惊愕的目光投向表情显得无比坚定的女生。“不喜欢他了？”没理会遇宸脸上异样的表情，玖稚葵继续说道：“不管他是谁……我都不喜欢他了。就算我和他以前有过很美好的回忆，他曾经很喜欢我……我也很喜欢他，可那都已经是过去了。现在的我，脑海里只写着一个人的名字——”手指点上额头，“遇宸。”

“既然一开始没有想起他，那么，以后也不要想起他。绝对不要。”深吸了一口气，玖稚葵的目光终于勇敢地迎上遇宸灼灼的视线，“这样绝情的我，你还喜欢吗？还要继续和我在一起吗？”

“你说呢？”听着女生那一番鼓起了十二万分的勇气才说出来的话，遇宸唇边浮起了令璀璨的繁星都黯然失色的微笑。

“我要听你的回答。”

誓言伴随着轻柔的声音落下：“遇宸永远喜欢玖稚葵。”

3.

“医生！你一定要救他啊！呜呜呜——该死的！他可是龙堂的老大，你要是救不活他，我就带着兄弟来将你这家医院给烧了！”才刚进入病房，索亦安就头疼地看见刘溪若揪着那个医生的白大褂拼命地大吼大叫，撂下的狠话差点儿没将那个斯文的医生吓得背过气去。

“小姐……你……你先放……放开我……你……你这样子我……我没有办法帮他……做身体检查啊……”被刘溪若恶狠狠的目光吓得额角直冒虚汗，医生连一句短短的话都说不利索了。

放开医生的衣服领子，猛地将他往病床边用力一推，刘溪若雷鸣般的吼声再次在他的耳边炸响：“现在放开你了吧？快点给我救人！”

看着医生手忙脚乱地给安静得如死去一般的少年做身体检查，刘溪若的眼泪如若山洪暴发：“呜呜呜呜呜——臭江御加！你一天到底要吓我多少次才甘心啊？就算你很不想看见我……也不用这个样子啊！干吗一直闭着眼睛任人怎么叫也叫不醒？真那么讨厌我的话……大不了你醒过来我消失就好……干吗不醒过来啊……混蛋……臭江御加你这个混蛋！”

揉了揉被刘溪若吵得生疼的耳朵，索亦安实在受不了她尖锐的指控了，赶紧附身到江御加的肉身里。

“小姐……这……这位病人的身体……并没有什么问题啊……会不会是他睡得太沉了？”检查了大半天也找不出一丝毛病来的医生，带着一脸惊恐的表情转向低着头哭天抹泪的刘溪若，结结巴巴地说道。

刘溪若凶猛地冲到了医生面前重新揪住了他的白大褂："你是不是医生啊你？到底会不会看病啊？你居然敢说他只是睡得太沉了而已？天杀的……这家伙就算睡着了，连一只蚊子也能将他吵醒的！刚刚我又摇又吼，他一点儿醒过来的迹象都没有，反常成这个样子，你居然敢说他只是睡得太沉了而已？"

"这……"被她吼得说不出一句完整的话，可怜的医生都要大哭出来了。他得倒了多少辈子的霉才会遇上这个野蛮不讲理的丫头啊？看来今天下班要好好地洗个澡去去霉气了！

"难道我不能偶尔沉睡一下么？"懒慵低沉的声音响起，成功地让刘溪若下一声暴吼硬生生地吞回了肚子里。

瞠目结舌地看着悠悠醒过来的索亦安，刘溪若举起来的硕大拳头僵硬在了半空中，微微地颤抖了一下。

"我都说了他没事了……你又不信……我还有事要忙……有事的话……按铃叫护士吧……"趁着刘溪若发愣的时候从她的手中溜了开去，丢下这么一句话后那个医生几乎是夺门而逃。看来，刘溪若已经在人家纯洁善良的医生心里造成了不小的阴影了啊……

"江御加！"咬牙切齿的声音刚落下，刘溪若就像一头受了伤的小兽般猛地冲到了索亦安的面前，擂起拳头就往他的身上砸，"叫你装死叫你装死叫你装死！你为什么不真的去死啊？害我留了那么多眼泪浪费了那么多感情！你这个混蛋！你这个超级大混蛋！"

猛地握住了她的手腕，索亦安眼神冰冷地扫了她一眼："闹够了没有？吵了那么久你还没累，真是够厉害的啊。"

"江御加！你个混蛋！为什么要这样子对我？我那么喜欢你，无论是明示还是暗示，我都已经做过无数次了，为什么你总是不能对我好一些？！难道我在你眼里就连普通朋友也不是吗？你这个混蛋！我再也不要看见你了！"像机关枪扫射似的连连朝索亦安骂了一连串的话，刘溪若阴沉着脸用力地在他的脚上跺了一下之后才拉开病房的门跑了出去。

意识到自己刚刚的话说得过重了，索亦安赶紧追了出去，没想到一打开门就看到遇宸搂着玖稚葵往医院大门走去。索亦安猛地转过身重新跑回了病房里，背无力地抵住门，慢慢地滑坐在地上。索亦安感觉到铺天盖地的暗潮朝他拼命地涌了过来，几乎要将他湮灭。

小葵……我已经不够资格在你身边了……对不对？他已经可以代替我，给你更多的幸福和快乐了吗？他给你幸福和快乐，那么我呢？我还能做什么呢？我是一个什么作用也起不了的小角色啊……如果可以的话，那么在你拥有幸福和快乐的同时……所有的泪水和悲伤，都由我来替你负担吧……让我用这没有实体的灵魂，去为亲爱的你，挡下一切的灾难和痛苦……

4.

虽然心里还是有些怪异的不舒服，但出了院之后，玖稚葵就已经下定了决心不再去想关于索亦安的事情了。那个她记忆里一点儿印象都没有的人，她为什么要在乎呢？

她根本一点儿都不知道他，仿佛他从来没有在她的生命里出现过，要她无缘无故为他哭喊生病，的确是很莫名其妙。就算她的生命里真的曾经出现过这样一个人，而她也的确很喜欢他，那又如何呢？一切都已经在事故中消失得无影无踪了，完全无迹可寻，而且她身边的人不愿意向她提去过去的一切，也都是想她能够开始新的生活吧，她又何苦在折腾自己的同时也折腾爱她的人呢……不如顺从天意，将一切都忘干净，和遇宸开始下一段美好。

“妈……我想，你肯定还收着一些关于索亦安的东西，对吧？”早上临出门要去学校的时候，玖稚葵突然朝妈妈说了这么一句话。

“啊？嗯……是。因为怕你想起，我都从你房间里拿了出来堆在储物室里了。”

“这样子啊……”女生的声音低了下去，随即又升高了几个分贝，还带了不容拒绝的坚定，“妈，把那些东西都扔掉吧。”

咣！

听到玖稚葵的话后玖太太手中的锅铲猛地落在了地上，砸出一个突兀的音符。

“你……你说什么？”她怀疑是不是听错了。

“我说，你把那些关于他的东西都丢掉，一件也不要留下。”顿了顿，女生接着说，声音里有让人诧异的明快，“因为想要开始新的生活了，所以那些旧的东西都丢掉吧。”

“小葵，你……”

“就这样说好啦，我去上学了，你记得处理好啊！拜拜——”玖太太还没来得及说完的半句话被关上的房门挡在了屋里，一抹连她自己也想不透的难过神色浮上了眉间。她不是一向不希望小葵再想起索亦安吗？为什么当小葵能接受这个事实后，她反而难过了起来呢？甚至还有点觉得……亦安……真的很可怜……

“自从遇见你的那天起/我的心就不再属于我自己/不管上天下地/都看见你/想念如影随形……”

小声地哼着歌，玖稚葵边踢着路边的空铁罐边朝公车站走去。不知道为什么，她老觉得有人在跟着她，难道是……

贼？

停下脚步顿了顿，猛地转过身，一辆漂亮的银色敞篷跑车出现在她的面前。“嗨！”坐在驾驶座上的男生站了起来，摘下墨镜拿在手里朝她挥了挥。望着那张陌生却俊美得跟遇宸有一拼的脸，玖稚葵满心满脑都是疑惑：她什么时候认识了这么一号人物？

看着女生呆愣的样子，索亦安扯着嘴唇笑了笑，将跑车慢慢地开到她的身边替她打开车门，发出简单的邀请：“上车吧，我送你去学校。”

“你？我认识你吗？”望着敞开了的车门，玖稚葵并没有很开心地就坐上去，反而一脸的纳闷。

“我是索……江御加，我知道你叫玖稚葵。那么，现在我们算认识了吧？”索亦安心里暗暗惊呼一声好险——“索亦安”三个字差点儿就脱口而出了呢。

“不好意思，虽然你认识我，但我不认识你，所以你的车我不能坐。”好心地将他打开了的车门重新关了回去，玖稚葵紧了紧挎包的带子后继续朝前走去。

“OK——不坐也行，我陪你慢慢走。”

还以为男生会硬要她坐呢，没想他倒也爽快，被拒绝了一次之后就真的没再邀请她坐了……可是，他这样开着一辆漂亮的跑车慢慢地跟在她的身后是什么意思？不知道的人还以为他们是闹别扭的小情侣呢！要是让遇宸看见的话，恐怕要气得头顶冒烟了吧？

实在是受不了他这莫名其妙的举动了，玖稚葵再次转过身去：“拜托你不要这么惹眼地跟着我行不行？我又不认识你，你干吗要做那么莫名其妙的事情？”

“一个男生要追一个女生之前，不是都会做一些莫名其妙的事吗？”索亦安忽然有逗她玩的念头。

“什么？”玖稚葵被他突如其来的这样一句话砸蒙了，好一会儿脑筋都还转不过来。

“我说，我要追你啊！”

“白痴！”玖稚葵的脸烧红了起来，急急地骂了一句话之后朝前面的公车站跑去，像是怕他还会纠缠不休地追上来，一看见公车来了就拼命地往上挤。

重新将墨镜戴回去，索亦安的嘴角露出宠溺的笑。即使是过了那么久，即使是发生了那么多不开心的事，他的公主也还是像以前一样那么可爱。

路上，女生一直都在想一些有的没的，纷乱如同乱麻，既找不到开始也找不到末尾的零碎琐事。玖稚葵深深地吸了一口气，准备靠在椅背上小眠几分钟的时候，车子已经停在了学校大门口。她不情愿地下了车，揉了揉有些发肿的眼睛，努力做出精神奕奕的样子。可不能让遇宸看见她没精打采的样子，不然的话多丢脸啊。

“这位同学，请你戴上校卡。”本来笑眯眯的值日生，在看见玖稚葵之后却突然敛起了笑容，语气也恶劣得吓人。

“啊？要戴校卡才能进学校……以前不是不用吗？”

“以前是以前，现在是现在，广播里都已经重复播了好几遍‘请同学们从下个星期一开始戴校卡返校，不然不准进学校’这个通知了，难道你长在脸两旁的不是耳朵，是屁眼吗？”另一个值日的女生语气更恶劣，甚至连出口的话都难听了。

“够了你！不让进就不让进，你干吗说那么难听的话？”玖稚葵火气冒了上来。

“哈？难道我说这话伤你自尊心了吗？像你这种女人，还会有自尊？男朋友为自己而死却不当成一回事，还去勾引别的男生，对你这样的女人有什么好客气的！”值日的女生不甘示弱，分贝顿时便拔高了许多，引来校园里学生的注目。

可恶！到底是谁在诋毁她？

“说不出话来了吧，玖稚葵。”悦耳的女声响起，橘瑞雪漂亮的脸在她面前一晃而过，眼睛里满满都是讽刺。

“随便你怎么说，”白了橘瑞雪一眼，玖稚葵把头转向值日的女生，“一句话，让不让我进去？”

“不让。”强硬且得意的语气。

“好，大不了我今天的课不上了！”她玖稚葵可不是软柿子任她们揉捏啊，不进就不进，有什么了不起的啊！转过身朝相反的方向走去，玖稚葵低下头在包包里拿出手机拨遇宸的手机号。才在屏幕里输入一个“1”字，她的肩膀便被人按住了，随后又被强硬地转了个身，被那股力重新推向学校门口，她刚想挣扎的时候一只修长白皙的手搭上了她的肩膀，然后便是轻佻的声音响起：“怎么？原谅她一次也不行吗？”

“啊……是江御加！”望了一眼被索亦安搂住的玖稚葵，又望了一眼男生脸上要笑不笑的表情，值日的女生全然没有了刚才的嚣张气焰。

“怎么不说话了？请问，我是不是可以和她一起进去了呢？”抬起手指了指学校里面，索亦安的语气让人听不出喜怒。

“我没意见。”短头发的值日女生将头一扭，把问题丢给了那个刚刚和玖稚葵吵得来劲的女生。

“你怎么把她放进去了？”橘瑞雪气得鼻子都歪了，“她那种女人，你们怎么可以向她示弱？”

“拜托！谁向她示弱了？我们只不过是不想得罪江御加而已……”听到江御加这个名字，即使是再不服气，橘瑞雪也只得乖乖地将满肚子的怨气吞回肚子里了。没办法，谁让江御加是本市有名的黑帮“龙堂”的老大呢！得罪了他，谁也得吃不完兜着走！

5.

“喂……你的手可以拿开了吧？”伸手拍开索亦安依旧搭在她肩膀上的手，玖稚葵一得到自由便跳离他三米远。

“我刚刚才帮了你，你这样子对我还真是让我伤心啊。”索亦安作伤心垂泪状。

“我……大不了对你说声谢谢呗。”

“不考虑以身相许吗？”索亦安不怕死地继续调侃她。

“你想试试天马流星拳吗？”靠近了他几步，女生恶狠狠地将拳头伸到了他的面前。

深邃的笑意从男生的眼底荡漾开，玖稚葵还反应不过来发生了什么事，男生就已经单膝跪下，然后温柔地将她的小拳头摊开，在她的手背上一吻，而且还配上了经典的对白——

“亲爱的公主，我愿意以后都跟随在你的身边保护你……风雨无阻。”

本来玖稚葵打算狠狠地给他一拳再骂一句“白痴”然后拔腿跑开的。可是当她看到出现在索亦安身后的遇宸时，那些已经预计好要做的动作与对白，连同她一起变成了化石。

“想要红杏出墙的话拜托也走远一点，别挑自己老公经常出没的地方。”手反插在深色校服裤子的口袋里，遇宸俊美的脸看不出任何的表情起伏。但玖稚葵知道，他已经生气了。玖稚葵慌忙将手抽了回来，一步三跳地跑到了遇宸的旁边，像个做错了事的孩子低下了头：“我……我跟他没什么的……是他自己……”

优雅地站起身，索亦安第二次与遇宸眼神交汇。

当然，要比上次激烈得多。

遇宸微微地皱了一下眉头。他记得在医院里见过这个男生的，当时他们的对视还莫名其妙地带上了敌意，难道这一切都是预兆吗？

“不介意我们公平竞争吧？”手心微微地渗出汗，心脏像被卡车碾过一般难受，几乎每次看见他们站在一起，他都会有种生不如死的感觉。不过即使心里难受得要死，他依旧做出一副嬉皮笑脸的样子来，连他都不得不佩服自己的演技了。

“介意。”吐出冷冷的两个字，遇宸的手环上了玖稚葵的肩膀。

“会介意吗？”手心完全被汗濡湿了的少年轻笑出声，“更好——我喜欢有挑战性的事。”

“喂！别发疯了！我是商品吗？神经……”女生不满地叫嚷了起来，后面还有些未说出口的话被身边的男生用眼神制止了，随后两人便在索亦安灼灼的目光下相拥着离开。

“认识他吗？”沉默地走了一段路之后遇宸才低沉着嗓音开了口，视线淡淡地扫过同样不语的女生。

“不认识。”她也正纳闷着这个问题呢。她好像才第一次见那个叫江御加的男生吧？他怎么可能就喜欢上她了呢？简直不可思议透顶了……

“以后不要理他。”依旧是语气淡漠的话，却让人听出了一丝酸酸的醋意。

“你生气了吗？”小心翼翼地看了一眼男生的侧脸，玖稚葵轻声说道。

“没有。”

“骗人！没有生气的话，为什么你不笑？”

“不生气就要笑么？又不是傻子。”

“不管！不生气的话就笑一个给我看看啊，不然我就会以为你生气了，我就会很内疚很内疚，然后还会吃不下饭，吃不下饭就会生病，生病就会死掉……”

“够了你。”虽然是不耐烦的语气，但是男生的唇边还是出现了笑影。

“终于笑了啊。”脸上是孩子气的笑，女生伸手挽住了男生的手臂，“我听说最近学校开柔道训练课，我们一起去学好不好啊？要是有天遇见贼了……我们就可以大开杀戒了！”

“那要警察来干吗？”

“什么要警察来干吗？”

“我们大开杀戒把贼都杀光了，那还要警察干什么？”

她真是从来都不知道，气质冷漠的遇宸，居然还会讲冷笑话啊……

索亦安摊开完全汗湿了的手，一股凉意袭上了心头，刘溪若带着哭腔的声音在身后响起——

“江御加，一直对我装傻……是因为她吗？”

索亦安缓缓地转身，看见悲伤汇成的河流从刘溪若的脸上潺潺淌过，那一刻，他几乎要将那句“我不是江御加啊，你何必将这种感情浪费在我身上”喊了出口。不过幸好理智战胜了情感：“是，你都看见了，还有什么好问的。”

“即使她已经有男朋友了，你也不死心么？”

“喜欢一个人，不是那么容易放弃的事，不管她身边出现了谁，喜欢就是喜欢，现在会，以后也会。”索亦安觉得这番话像是说给自己听的一样，说出来的时候弥漫着苦涩味。

“就好像我对你一样，呵呵。”凄然地一笑，刘溪若缓缓地转身背对着他，“御加，就像你刚刚所说的那样。喜欢一个人，不是那么容易放弃的事。不管他身边出现了谁，喜欢就是喜欢，现在会，以后也会。所以，我也会一直喜欢你的，就算你不喜欢我。”低缓着声音说完了这些话后，女生抬起手边抹着眼睛边匆匆地跑出了索亦安的视线。

第九章 甜蜜二人游

其实……谁也没有离开……

要离开的人，从一开始就是他而已……

1.

不得不说橘瑞雪真是一个毅力超强的女生，她几乎每天都变着花样来整玖稚葵，而且还不断地鼓动学校里的女生将玖稚葵孤立起来，用她的话来说就是——“哈，你一定很奇怪我那么恨你，为什么不找人打你一顿算了吧？”讲到这儿她还故意卖了个关子，停下来得意地笑了两声，“那是因为，肉体上的痛苦远远比不上心灵上的痛苦。你等着吧。你越是不想记起来，我就越硬是让你记起来！”

叹了一口气，玖稚葵实在是很想问一句：“你这个疯女人什么时候才能恢复正常啊？”不过恐怕这也得等到她的气真正消了的那天吧？不知道那天什么时候才会到来呢……

“小葵，你还好吧？”小心翼翼地在玖稚葵身边的空位上坐下，自从BBS视频事件之后，她以前的同桌就搬走了，据说是不愿意和她这样的人同桌，小桑担心地看着她憔悴的脸问道。

“没事啦你不用担心我，我很好呢。”

“别逞强。”遇宸的声音打着旋飘落在她的耳边，字句冰冷简单，语气却无比温柔。

“我真的没事啦，只是睡得不太好而已。”勉强地挤出一抹笑，“对了，你报名参加柔道了吗？”

“真的要去？”他还以为只是说着玩玩的呢。

“当然是真的要去了。”女生的语气坚定无比，“我怎么可能是跟你说着玩的啊！我是很认真地想要学的。哎，小桑，你要不要也来学？”

望着玖稚葵那双闪满了期待的眼睛，小桑赶紧从她的身边弹了起来，连连摆手：“可不要算上我喔——我才不去干那么吃亏的事情呢！没事找摔，是吃饱了撑的么？要去你们去吧！”

把头转向遇宸，玖稚葵一脸“要是你敢不陪我去学我就和你分手”的表情。虽然遇宸是很强悍很冷漠的一个人，可毕竟对方是自己的女朋友，所以不管再怎么酷，也只得败下阵来乖乖地陪她一起去“吃饱了撑的没事找摔”。

“哇！柔道服穿上去好舒服啊！”换上了柔道训练服的玖稚葵哇哇大叫着在偌大的柔道训练场里又蹦又跳。

“等下被摔的时候你还能笑着讲这句话的话，我任你处置。”换上了柔道服显得更加俊美的遇宸冷冷地说了这么一句话，老实说他现在心情非常不爽。因为从他一踏进训练场开始，那些女生的视线就没离开过他半秒。他的身上是擦了502强力胶吗？不然为什么会把她们的视线黏得那么紧？

“嗨——我们又见面咯……”训练场的纸门忽然被人用力地拉开，索亦安顶着“江御加”的脸出现在了瞬间石化的两人面前。哦！差点还忘记了一个人……索亦安的身后，还跟着脸憋成了紫红色的刘溪若……

玖稚葵看了一眼笑得群星璀璨的江御加，又看了一眼身边脸色阴沉得像是要刮十二级台风的遇宸，太阳穴开始隐隐疼了起来。江御加那家伙到底是怎么找到她的啊……或许他也不是特地来找她的，可能他也是刚好参加了柔道训练而已吧。不过他接下来的话完全打破了她刚刚自我安慰的美梦——

“哈——还以为听到的消息不准确呢，幸好还是来了，嘿嘿，小葵你果然在这里啊！”这家伙简直是在撩拨遇宸打架的欲望。

额头上微微有青筋在突突地跳动着，遇宸沉默地走到了还在叽叽喳喳的索亦安面前，伸手揪住他的衣服，背一转，手微微地一使劲——

砰！

真是一记漂亮的过肩摔……

冷冷地瞥了一眼被摔倒在地上的索亦安，遇宸面无表情地砸出了一句话：“在我面前调戏我老婆，你不觉得不妥吗？”

索亦安慢慢地从地上爬了起来，脸上尽是不以为然的笑：“我说过要和你竞争的。”

“那也得看看自己有没有资格。”

“你怎么知道我没有资格？”

“那么就来试试看好了。”语气淡淡的话伴随着遇宸又一个出其不意的拳头飞出，不过这次索亦安学乖了，脸轻轻地一侧，险险地闪过了那个拳头，也反手向遇宸挥过去一拳。

“喂！你们不要打架！”生怕遇宸会受伤，玖稚葵想冲上去将他们两个人拦下来。可她的脚还没迈出去就被人拽住了，疑惑地回过头，却是刘溪若拉住了她。

“你干吗……”玖稚葵被那个女生猛地拽着跑出了柔道训练场。刘溪若停住脚步甩开玖稚葵的手，目光冷冷地盯着她：“他们男生在决斗，那么，我们要不要也来斗一场呢？”

“你在说什么啊？谁要和你决斗？真是莫名其妙……”今天是怎么了？怎么总是碰上怪事啊。

“玖稚葵，我不知道你到底有什么魔力，竟然能让三个男生为你神魂颠倒，不过我不相信她们说你是狐狸精附身。”

哪里来的三个啊？还有！那些死丫头居然敢说她是“狐狸精附身”！她们才被鬼上身了呢！

“柔道训练场里两个，”顿了一下，“还有一个……不是死了吗？为你而死的呢。”刘溪若这话一出口，玖稚葵的头就隐隐疼了起来。

“请你不要再提起他了，可以吗？”似乎在强忍着强大的痛苦，女生喉咙发紧地挤出了这么一句话，连她自己也不知道为什么会这样。

“玖稚葵……”刘溪若以不可思议的眼神望向她，“你……你真的是那样的人吗？学校里一直在说，你心安理得地将那个为你死去的男生忘记了，与一个叫遇宸的男生开始新的恋情……果然是和她们所说的一样吗？”

捂住耳朵慢慢地蹲了下来，玖稚葵痛苦地闭着眼睛大喊：“为什么你们都要拿他的死来束缚我？我也不想他死啊！我也不想忘记他啊！可是我真的什么都不记得了！我什么也想不起来！我到底用什么样的感情去一直记得一个我根本没有任何印象的人？你来教我啊！我不选择重新开始，难道要跟着他去死吗？你们是想我这样，才会觉得我伟大是吧？”

“小葵。”索亦安的声音颤抖地在她的身后响起。把脸埋在掌心里的女生慢慢地将脸转了回去，看见了鼻青脸肿的两个男生。

玖稚葵略带哭腔的声音在耳边回荡……无论挨了多少拳……也不管被他人在身上刺了多少刀，就算是被火车从身上碾过去，索亦安恐怕都不会比现在更疼了。小葵长矛般的指控，在他的心上戳出一个又一个的血窟窿，痛得令人窒息。他不知道，小葵一直活在他死去的阴影下……那么痛苦地背负着别人对她的指责……

“啪！”响亮的巴掌声响起，在所有人错愕的目光下，索亦安给了刘溪若一记耳光。

“你。”捂着被打得偏过去的脸，刘溪若惊愕的眼睛里盛满了晶莹的泪水。

“向她道歉。”没有多余的字，索亦安砸给她的是比打她更令她心痛的四个字。

捂着微微红肿起来的脸，刘溪若闭着眼睛捏紧了拳头，几秒钟后她缓缓地睁开了眼睛，怨毒的目光射向在一边抽泣着的玖稚葵，然后把脸转向了索亦安：“江……御……加，我恨你！”脚步声伴随女生的哭叫远去，索亦安痛苦地垂下头闭上了眼睛：“溪若……对不起……你在我这里受了不该受的委屈……真的很对不起……”

“遇宸……我们走好不好？不要在这里了……”满脸泪痕的女生伸手拉住嘴角青了一大块的男生的衬衣衣摆，语气里满是乞求。

“嗯。”简单地应了一句，遇宸扶住女生的腰，看也不看一眼呆站在原地的索亦安，就这么带着肩膀微微颤抖着的玖稚葵走出了他的视线。直到所有的人都离开了，索亦安才意识到大家都抛下他走远了。

所有的人都离开了么？

仇恨他的人离开了……爱他的人离开了……身体忽然一阵发冷，索亦安慢慢地蹲在了地上，有泪水从眼角滑落下来。

其实……谁也没有离开……要离开的人，从一开始就是他而已……

“您拨打的电话暂时无人接听，请稍后再拨……”

把手机盖合上，染着褐色头发的光木转身朝满屋子都是一脸期待的人摊开手露出了无奈的表情：“还是找不到老大啦！他手机一直都是关机！我光留言就已经留了十条了！可他一条也没回！”

坐在角落里的刘溪若在听到光木的这句话后，沉默许久的她终于爆发了，拿起搁在桌子上的啤酒瓶用力地往地上一摔，吼了一句：“有什么了不起啊！找不到他我们就自己玩！他以为他是老大就了不起啊？谁买他的烂账！”

“那个……溪若姐……你……你不要紧吧？”光木把手机放回口袋里，小心翼翼地靠到刘溪若的身边，伸手轻轻地拍了她一下。

“你给老娘滚开啦！你们这些狗屁人！呜呜呜呜！”恶狠狠地甩开光木搭在她肩膀上的手，刘溪若大哭出声，撞开KTV包厢的门冲了出去，把一屋子的人都吓得一愣一愣的。

“这是怎么了啊？溪若姐为什么要哭啊？老大放我们的鸽子也不是一天两天的事了啊！这有什么要紧的？”一个留着碎长发的男生疑惑地问。

“喂！你是真不知道还是假不知道啊？溪若姐喜欢我们老大，现在老大在为另一个叫玖稚葵的女孩子神魂颠倒，溪若姐发飙是很正常的事情啊！”抛给那个男生一个白眼，光木没好气地解释道。

“啊？那么说，老大现在是为了那女孩子茶不思饭不想？”穿黑色夹克留刺猬头的矮个子男生开口，一脸的恍然大悟。

“对！”

“那我们该怎样减轻老大的痛苦啊？”一屋子的男生异口同声地开口问道。

“废话！当然是帮他追到那个女生啦！”这群白痴！这么简单的问

题也好意思问出口！

“那……那溪若姐怎么办？要是溪若姐知道我们帮老大追那个女孩子的话，她不得宰掉我们！”碎长发男生伸手摸了摸脖子，咽了口口水艰难地说道。

“你这个家伙！是我们老大重要还是溪若姐重要？女人嘛！最会见异思迁了！等她意识到我们老大的心不属于她，而另有一个男生出现后，她就会没事啦！”光木边说边摆着手，一副无所谓的模样。

“那我们怎么帮老大哦？”

“这个嘛……”左手环在胸前，右手装模作样地抚着下巴溜着眼睛想了一会儿，光木的嘴角露出诡异而自信的微笑。十几个男生一起商量了一阵子，一个惊天地泣鬼神的阴谋就这样形成了……

自从那次柔道训练场的事件之后，江御加没有再出现在玖稚葵的面前。不过不知道为什么，他不烦她了她反而有种不舒服的感觉，好像少了些什么，大概这就是所谓的“魔鬼习惯”吧。

把同学拜托寄出去的信拿到邮局寄掉，玖稚葵顺便在路边的一家西饼屋里买了一个草莓蛋糕。嘿嘿——这下回到家就可以边看好看的电视节目边吃蛋糕了！这该是多享受的一件事啊，人生最舒服的事也不过如此了吧！

拎着草莓蛋糕走出西饼屋，身子才刚转向左边，玖稚葵就感到后面有个巨大的黑影罩上了她，脖子上猛挨了一记手刀，接着她就沉入了无边无际的黑暗当中……

2.

痛……痛……好痛……

到底是谁……是谁……打昏了她？

玖稚葵空白的脑海里漂浮着几句破碎的话，在梦里挣扎了几下后她终于能摆脱梦魇，缓缓地醒了过来……

可是，当她看到昏在她身边的江御加的时候，眼睛“噌”地瞪成了千瓦的灯泡，狠狠地吃了一惊。

这是怎么回事？

她怎么会在这里？江御加又怎么会在这里？到底是谁打昏了她？为什么也要打昏江御加？他们的目的到底是什么？

绑架……报仇？所有一切她能想到的问题一股脑儿全涌到了她的面前叽叽喳喳地要着答案，烦得她忍不住抱住头痛苦地低叫出声。

“小葵？”同样被人打昏的索亦安也慢慢地醒了过来，他吃惊的程度绝对不亚于玖稚葵。“我们怎么会在热气球上面？”还是男生的观察力强，才刚醒过来，索亦安就发现他们坐着的“地”在缓缓移动，并且还是在半空中！

“什么？我们在热气球上面！”垂着头的玖稚葵听到索亦安的话惊讶地叫道。

“是……哎？这是什么？”索亦安发现了旁边卡着一封信，伸手拿下信打开后，他恨不得跳下去宰人——

我们亲爱的老大：

当你看到这封信的时候，相信你已经跟我们未来的大嫂翱翔在天空之中了吧？（又不是老鹰……还翱翔咧）哇哈哈哈！这样独特的两人世界可是我们兄弟费了很多脑细胞想出来的哦！是不是很让老大你惊喜啊？未来大嫂现在是不是感动得稀里哗啦的啊？

嘿嘿……我们知道老大你肯定会很感谢我们这样尽心尽力的！但是——

我们之间嘛，是不需要客套的！

所以，老大你就用对我们说感谢的力气来向未来大嫂表白好了！我们老大那么帅，肯定会成功的啦！

还有哦，热气球会按照我们指定的路线飘动，你们就先好好享受这一段空中的浪漫吧，等大概一个小时后，还会有更惊喜的东西送给你们喔！所以，老大你要是还拐不到大嫂的话，那可就太逊啦！

祝老大成功追到未来大嫂！

加油加油加油！

光木字

“这是歹徒写的信吗？”脖子还泛着微疼的玖稚葵边用手去按摩着脖子边问他。

“没什么，一张废纸而已。”把那封信揉成皱皱的一团，丢了句敷衍的话，索亦安把它扔下了热气球。

“我们是不是被绑架了？不然的话，怎么会无端端在热气球上？”看了悬空的四周一眼，玖稚葵用手环住自己，脸上流露出稍稍的胆怯。

“害怕吗？靠过来吧。”看见她害怕的样子，索亦安心里生出不舍，伸手环住她的肩膀把她往自己的怀里拉。

“你干什么……放手！”意识到“江御加”的意图后玖稚葵侧身闪过他伸过来的手，满脸都是警戒的神色。

微风吹过索亦安空落的掌心，尴尬地收回捉了空的手，他勉强地朝女生扯出一个淡淡的微笑：“放心，我不是要对你怎么样，只是觉得你害怕，想给你点安全感而已。”

他现在不是索亦安，而是“江御加”呢！所以，小葵怎么可能相信他呢？这一切，都是合情合理的吧。

“你别靠我那么近，我就不会觉得危险了。”幸好这个装人的篮子还算大，玖稚葵挪到边上的时候离江御加更远了点。

“好，我不靠近你，你别害怕。”索亦安感觉到胸腔里有像潮水一样的难过蔓延。硬是按捺下那些涌动的不适，他抱着胳膊在篮子里坐了下来。

“你看，原来在高处看天空，天空更蓝耶。”仰起头，索亦安望着澄澈蔚蓝的天空淡淡地笑着说道，“还有鸟飞过呢。”

原本还怕男生会对她做出什么猥琐举动，玖稚葵听到他的话后也忍不住抬头望了望天空，当那片清凉的蓝进入视线时，女生的嘴角也禁不住挂上温柔的笑。“天空真的好漂亮哦……好想自己是只小鸟啊，这样，就可以肆意地张开翅膀飞翔了呢。”

玖稚葵感慨的话听进了耳里，索亦安知道此刻的她应该是稍微放下对他的戒备了，于是便小心翼翼地试着跟她聊天：“你喜欢天空？”

“对啊，很喜欢呢。”已经完全放下戒备的玖稚葵依旧昂着头，眼睛微微地眯着，脸上尽是温柔的神色，“从小到大，最喜欢的就是天空了。有时候我都在想，我那么喜欢天空，为什么不是只小鸟呢？”

“因为如果你变成小鸟的话，就无法遇见某个生命中注定要遇见的人了啊。”

“呃？”挂在嘴边的微笑因索亦安的这句话而僵了一下，玖稚葵的眼底凝滞着疑惑。

“对啊。”

如果你变成了小鸟的话，那么我们就无法认识了——索亦安暗暗地在心底加上这么一句话。

“如果我变成了小鸟，就无法遇见遇宸了吧？”玖稚葵的脑海里浮现另一个俊美的脸庞，嘴巴抿成了温柔的微笑。

笑容迅速地枯萎了下去，索亦安终于意识到，他自己在玖稚葵的心里，已经连一丁点儿的位置都没有了。现在的她，心里满满装着的都是遇宸……

遇——宸！

“对了！”玖稚葵像是突然开窍了一样，尖叫出一句性命攸关的话，“我们要这上面呆多久啊？我们要怎么下去？”

“放心吧，大概一小时后我们应该就能下去了。”朝她露出安抚的微笑，索亦安轻声回答道。

“你怎么知道？”玖稚葵疑惑地看着他。

“我猜的啊。”心里猛地生出捉弄她的想法，索亦安的嘴角挑起恶作剧般的笑。果然，这引起了女生极度的不安。

“如果是猜的……就未必可以那么快得救了！”玖稚葵的声音陡然拔高了八度。

“不是，是我刚刚看的那张纸上写的。所以，请放心吧。”看见她一脸的焦躁不安，索亦安又好笑又心疼，急忙解释道。

“原来是这样。”玖稚葵这才安心了一点儿，直起的身子重新靠在了篮子边上，仰起头继续看着天空。不知道遇宸现在怎么样呢？他现在会不会正在找她呢？他会在找到她之后把她抱到怀里温柔地安慰她吗？这些甜蜜的小问题，她都好想好想知道呢……

大概过了一个小时左右，一直飘浮着的热气球终于着了陆。玖稚葵满心欢喜地拎着她的草莓蛋糕跳了下来，不禁又傻了眼……

这……这到底是哪儿？她感觉这里离家好远。

“喂！这里是哪里啊？为什么都看不到路？”把手放在额头上面眯着眼睛朝四周望了一下，确定不会有任何人经过后，玖稚葵转身气冲冲地朝江御加叫着。

“你问我……我问谁？”耸耸肩摊开手示意自己也不清楚后，索亦安露出了无奈的笑。

“那张纸上没有写吗？”

“没有。只写了有惊喜。”

“那个惊喜是指我们迷路了吗？”

“应该不是吧……”索亦安也朝四周张望了一下，沉吟了一会儿后终于知道他们所说的惊喜是什么了。

应该是指这一片蒲公英海洋吧……目光所到之处全是一片毛茸茸的球状花朵，苍茫悠远的白色一直伸延到淡蓝色的天际……

“不要紧张兮兮的了，刚刚在空中飘了那么久，坐下来休息一下吧。待会儿再想怎么回去的问题。”没等玖稚葵回答，索亦安就率先在地上坐了下来，“哇，好舒服啊！好像坐在榻榻米上的感觉。”

“你到底是不是那些人的同党啊？我们现在找不到路回家，你居然还想要休息！”玖稚葵发誓她真的很想把草莓蛋糕砸在他的头上——如果这个蛋糕不是她花了五十块买来的话!

“哇，你看！好漂亮！”无视女生充满怒气的话，索亦安抬手指向被微风吹得一起一伏的蒲公英花海。

“什么……”顺着男生抬起的指尖望去，玖稚葵的瞳孔里倒映出一片柔和的米白色，那些白色的小精灵在微风的吹拂下挣脱了细杆的束缚，轻轻地飘在空中，一朵又一朵打着旋飘过她的眼前。

“是不是很好看？”

“嗯……”心里的怒火瞬间被浇熄，玖稚葵不再拗着性子吵，而是柔顺地在江御加身边坐了下来。

“真是谢谢他们了啊。”索亦安轻声地呢喃，像是在自言自语，又像是对玖稚葵说的一样。

“虽然这么做是过分了点……但不否认，如果不是他们，我永远都不会看到这些美好的东西。”伸手轻轻地将一朵飘过她眼前的蒲公英拢在了掌心里，玖稚葵像是回答他的话一般应了一句。

“对啊。”坐着看还不过瘾，索亦安顺势躺了下来，“你也躺下来吧！看这些蒲公英飘着的样子真舒服啊，好像在做梦一样呢。”

“是……是吗？”虽然嘴巴里问出来的是疑问句，但玖稚葵还是照做了。当背部触到那温柔的柔软的时候，玖稚葵的心一下子便宁静了下来，就像那片澄澈的天空，单纯得如同透明的水晶，脑袋里一点儿杂念都没有。有多久没这样全身心都放松下来看过天空了呢?

好像很久很久了呢……久到，连自己都不知道是什么时候的事了。

当一切都被灰暗的尘土蒙上阴影的时候，重新将那份美好从黑暗里拯救出来的感觉原来这么好呀。微微地侧过头看了躺在自己身边的男生一眼，玖稚葵心里又开始暗流汹涌。

这个男生……其实还不错呢。虽然他说的话都很轻浮，但其实他心地很好的。不然她也不会看到他柔和安静的一面了。能被这样的男生喜欢，也是一种幸福吧？如果不是先遇上遇宸，说不定自己会喜欢他哦。如果时间能永远停留在这一刻就好了，即使此刻在她身边的不是遇宸，但很奇怪的是，她居然没有遗憾的感觉。相反，她感到异常的安心。

嘴角扯成淡笑，玖稚葵继续望着那澄澈如同大海的天空……

"我回来了！"和江御加走了无数的弯路错路之后，玖稚葵终于平安地到家了。虽然刚刚经历的一切都很美好，但实在不能不说一句：真累啊！

"小葵你去哪里了啊？遇宸找你很多次了哦。"一进家门，妈妈就立刻奔出来说。

"啊？是吗？"

"对啊！害我还以为你出了什么事呢，你到底去哪里了？"

"没有啦。我在学校的图书馆里看书啊。看得好累哦……妈，我进房了哦。"躲过妈妈关心的目光，含糊地塞给妈妈这样一个理由后，玖稚葵便冲进了房间里面。把包包和蛋糕放在一边的桌子上，拉开抽屉拿出放在里面的手机，看见屏幕上显示的"未接来电"与"未读短信"的时候玖稚葵差点儿没昏了过去。

天啊。看来真是急死遇宸了呢。

正想拨个电话回去的时候，按在"通话键"上的拇指却迟迟没有按下去。踌躇了一会儿后，她还是把手机重新扔回了抽屉里。深吸了口气倒在自家柔软的床上，玖稚葵蓦地又想起了刚刚与"江御加"躺在蒲公英海洋里的情景。嘴角不自觉地掀起浅淡的笑，玖稚葵轻轻地合上了眼睛。

神啊，请让我再一次梦到那片柔和的白色吧。我，真的好喜欢那里呢……

3.

"老大，怎么样怎么样？跟未来大嫂在一起了吧？我们的IDEA很赞吧？嘿嘿！"索亦安刚回到住的地方，就看到那群小弟，其中最突出的还是光木，一看见他就飞扑过去将他抱了个满怀，嘴巴里还胡乱地嚷嚷着。

“什么？”好不容易从光木的怀里挣脱出来，索亦安走到离他三米远的地方后才将心里的疑惑问出口。

“哟！我们老大学会装傻了啊！”光木朝他飞了一个的眼神，“我们精心设计的二人世界啊！我就不信不奏效！”

“原来真的是你们在搞鬼……”上帝。这群家伙到底是吃什么长大的？为什么他总有种他们吃饱了撑着的感觉？

“可不就是我们一手策划的嘛……老大，有没有很棒的感觉啊？有没有跟大嫂在热气球上……KISS啊？”光说还不够，光木还抬起两只手来模拟出人头的样子凑在了一起，嘴巴里“啵啵啵”的。

“你……”他实在是不知道该怎样说了。

“老大！就算不成功也不要紧啦，反正我们一票兄弟都会挺你的！还有啊，那个叫什么遇宸的臭小子你也不用担心他会妨碍你，我们会把他搞定的！总之，他绝对不会成为老大你的绊脚石！”

“你说什么？”索亦安的心“咯噔”了一下。

“那个臭小子居然不自量力地想跟老大你抢女朋友，我们当然要帮老大你铲除这种败类啦！”

“你干了什么？”索亦安的眉头紧紧地皱了起来。上帝保佑这小子，不然小葵是绝对不会原谅他的。

“嘿嘿——明天去学校老大你就会知道了喔！就这样啦，我先走了，老大晚安！”光木抬手摆了摆之后便飞快地拉开门蹿了出去，丝毫不给索亦安提问的机会。

怎么办？他的心里……有很不好的预感呢……

也许是晚上睡得好的缘故，第二天早上玖稚葵起了个大早，平常食量很小的她在妈妈惊诧的目光下居然喝掉了两大杯牛奶，吃掉了四片烤土司，满面春风地说了再见后才拎起书包冲出了家门。

“小葵！小葵！”右脚才刚踏进教室，小桑的大嗓门就在耳边炸响了。

“怎么了啊？”把书包摆进抽屉里放好，玖稚葵这才迎向小桑着急的目光。

“你昨天去哪里了？遇宸找你都找得要疯了！”

“我……我知道了啊。”

“知道为什么不打个电话给他？你知道他有多担心你吗？你这样子真的很可恶，要全世界的人都在为你担心！而且——”说到重要关头的时候小桑还顿了一下，故意卖了个小关子，等玖稚葵扯着她的衣服袖子求她讲了她才继续下去，“你知道吗？有件非常卑鄙恶心的事情发生在遇宸身上了。”

“遇宸他怎么了？”听见遇宸出事了，玖稚葵整颗心都揪了起来。

“是很恶心的事情……你让我先酝酿一下情绪好不好？”小桑面对玖稚葵的逼问，居然露出了无奈且尴尬的表情。

到底是什么事情能让小桑有那么奇怪的表情啊？莫非……是很严重的事？

“你就别再婆婆妈妈的了！痛快点告诉我啊！你要急死我吗？！”

“好……好吧。我……我讲。”咬了咬牙齿，小桑闭着眼睛一鼓作气将昨天下午发生的事情全部说了出来，“遇宸被人指证偷……偷女生的内裤！”

什么什么什么什么？

什——么？

“你……能不能再讲一次？是我刚刚听错了对不对？你再说一遍！”

“不，你没有听错。我刚刚听到的时候也是你这种表情啦……可是，当那群男生从他的抽屉里拿出‘证据’的时候……我比你还想死好不好……是遇宸！我们的王子遇宸啊！怎么可能做这么不文雅的事情！”小桑讲到最后几乎是吼出声的。

不可能的……

玖稚葵缓缓地摇着头："一定有什么地方不对……遇宸不是这种人的，他不可能做这种事情！我相信他！"

"我也相信他啊！可是，人家的确从他的抽屉里找到……女生的……内裤啊……"好像被指证偷内裤的人是自己一样，讲到那段可耻的话时，小桑整张脸都涨成了猪肝色。

"他在哪里？他来学校了吗？"不再理会小桑，玖稚葵现在只想找到遇宸，望着他的眼睛信心坚定地告诉他，她相信他。她真的好想狠狠地打自己一拳啊！为什么昨晚不回他电话？为什么？为什么自己会这么可恶？找不到她已经让他很心急了，现在又凭空冒出来这么一件屁事，就算他再怎么不理人怎么冷漠，也应该感到很累了吧？身为女朋友的她，非但没尽女朋友的义务，而且连最基本的礼貌都没有！她真是够混蛋的！

小桑朝遇宸的座位张望了一下，冲玖稚葵摇了摇头："座位上没人，应该还没来吧。"

"那我去校门口等他。"这么说着玖稚葵便推开了小桑的手，边拨打遇宸的号码边朝校门口走去。才刚走出教学楼，拿着手机等遇宸接电话的玖稚葵便听到了那首熟悉的手机铃声。

是他。

切断通话，玖稚葵拿着手机的手捏得死紧，冷眼看着那群围在遇宸身边的混混们。她从来都没有那么希望别人死过，可是现在，她却希望现在一道雷下来将那些家伙全部劈死。当然，这是不太可能的事情，所以，上天注定，要她亲自收拾那些家伙。

"你们这些混蛋……全部给我滚开！"竭尽全身的力气朝那群混混大吼了一声，玖稚葵气势汹汹地大步走向他们。一百八十公分以上的壮男生又如何？手臂比她的大腿还粗又如何？拳头比她的脑袋还大又如何？就算他们一个指头就能将她捏死又如何？她就是跟那些混蛋耗上了！就算被打得遍体鳞伤……也绝对不轻饶这些混蛋——绝不！

带头笑骂着遇宸的光木吃了一惊："大嫂？！"

听到混混称呼她为“大嫂”，她就更光火了，三步并作两步走到光木的面前抬起脚就往他的小腿上踹：“你给我滚开！谁是你大嫂？”

“就是大嫂你啊……”

“给我讲清楚了，到底是不是你诬陷我男朋友的？”尽管他比她高出了足足两个头，但居然在气势上被女生反压倒了。

“我……我……”本来还打算好好地羞辱遇宸一番，光木根本没想到玖稚葵会在要紧关头出现，而且还表现出一副万般维护遇宸的样子，结果当然是结巴着什么也讲不出来了。

“大嫂？这是怎么回事？”一直没有说话的遇宸终于开口了，阴沉的脸色却没转好半分。

“我也想知道这是怎么一回事……”回头看了遇宸一眼后，玖稚葵的视线继续回到哭笑不得的光木身上，“是你做的好事吗？是你诬陷遇宸的！”

“我……”

“光木，小葵，遇……宸？”另一个温润的声音在这个紧张的时刻突兀地插入。光木转头看那人时差点儿没哭着扑了过去，不过也差不多了……

“老大！这……这……”

“怎么回事？”索亦安的眉头皱了起来，因为他看到了浑身都气得颤抖的玖稚葵。

“我……老大！我都是为了你和大嫂啊！我不是想帮你铲除这个碍眼的小子嘛……谁知道大嫂在这个时候闪了出来，而且还维护这个小子耶！”光木一把鼻涕一把眼泪地哭诉道。

“你都做了什么？”他就知道，昨天听他讲的话就不太对劲……果然，还是惹出事来了！

“哼！原来真的是你们！可恶，你们怎么能这样啊！你知道不知道这会毁掉别人的名誉啊？”冲着光木噼里啪啦地大骂了一顿后，玖稚葵的冷冻视线转到了“江御加”的身上，“原来……这一切都是你们计划好的啊！我还以为你真的都不知情呢。看来，是我太蠢相信你了啊。”

“小葵，你这是什么意思？”索亦安的心里升腾起不安的感觉，他知道她肯定是误会了！

“是什么意思你自己明白！”玖稚葵伸手紧紧地握住了遇宸的手，十指紧扣举到了他们的面前，在他们惊诧的目光下一字一句地说道，“我告诉你们，不管你们用什么样的方法，都无法拆散我们紧握的手！无论如何也不能！”

“小葵……”受伤的神色潮水一般漫过索亦安的脸，他垂下头，因玖稚葵决绝的话而难过得说不出话来。他从来都不奢望小葵还能记得他，还能对他像以前那么好，还能温和地朝他微笑。但，至少也不要讨厌他啊……不要讨厌他……不要推开他的关心……至少不要那样子啊……

“我真的对你很失望！”最不想听到的话还是撞进了耳朵，索亦安感到心撕裂般地疼痛。望着玖稚葵与遇宸牵着手转身远去的身影，他头一次知道什么叫做“即使整个身躯都暴露在猛烈的阳光下，眼睛里看到的却是除了黑暗还是黑暗……”

4.

“你昨天，是跟他在一起吗？”沉默地走了好长的一段路后，遇宸才低沉着声音开口。

该怎么回答呢？

是，还是……不是？

如果回答“是”的话……遇宸应该会生气吧？但如果骗他……那他应该也很生气才对啊！反正骗也骗不了多久，那还不如一开始就坦白呢！

“是……”犹豫了一会儿之后，玖稚葵点了点头。

“嗯……”遇宸居然没有她想象中的发怒。不知道怎么的，她反倒希望他生气了。因为……他不生气，她感觉好像他不在乎她一样呢。

“你，没什么要说的吗？”小心翼翼地看了他的侧脸一眼，玖稚葵再次开口问道。

“肚子饿吗？”

“啥……啥？”

“我问你肚子饿不饿？”

“啊……不饿！我今天喝了两杯牛奶吃了四片烤土司啊！怎么可能还饿哦……”

“不上课不要紧吗？”遇宸还在继续无厘头的话题。

“不要紧啊！偶尔逃一次课也没有什么关系的嘛，哈哈哈——”不知道遇宸为什么那么反常地问这些，玖稚葵只好顺着他的问题来回答。不过……他问这种问题让她好担心啊！平常的遇宸根本不会管这种琐碎的事情啊！

“遇……遇宸……”

“嗯？”

“你很生气吗？”小心翼翼的语气。

“没有。”毫无起伏的语气。

“才怪！你那么反常！”

“我哪里反常了？”脚步停下，男生侧过头去看脸憋得通红的玖稚葵，“你以为我会将那种无聊事放在心上吗？我又不是那种吃饱了撑的小混混。”

“那……那你……为什么都不笑？”

“我为什么要明明没发生什么好笑的事情也要笑得像疯子一样啊？我又不是你。”

这句话真打击人呀……遇宸这个毒舌教教主……

被遇宸堵得连半句话也说不出来的玖稚葵只好低下头去玩自己的手指。

“我只在乎你刚刚说的话，是不是真的。”

“啊？哪……哪句？”

遇宸盯着她的脸，然后一字一句地重复她刚刚面对着那群小混混时说过的话：“‘我告诉你们，不管你们用什么样的方法，都无法拆散我们紧握的手！无论如何也不能！’就这句，是不是真的？”

玖稚葵害羞得差点儿没挖个地洞钻到地底去。

“回答，是，不是。”

“废话啊，你个笨蛋！当然是真的啦！你以为我是你啊，承诺当吃菜！”大声地冲遇宸吼了这么几句话后，玖稚葵捧着烧红的脸跑开了，留下遇宸一脸得意的笑，用无限宠爱的温柔眼神将她笼罩……

和遇宸在外面浪荡了一个上午，玖稚葵被遇宸送回了家，她一进家门就钻进房间里。连外衣都没有脱掉，女生跳上小床用被子将自己严严实实地裹了起来。

尽管刚刚跟遇宸玩得很开心，可是当安静下来的时候，她就又想起了“江御加”那受伤的神情……那样悲伤的神情，是无论如何也忘不掉的啊……还有之前发生的事情，这一切，都忘记不了啊……她无法忘记昨天跟他在一起的温馨。那是多美好的事情啊……为什么，就一定要将它毁掉呢？为什么……不能让它好好地存在着呢？无尽的黑暗四面八方地朝她涌了过来，像一股暖流般将她包围。她努力地睁大了眼睛，可能看见的只有黑暗。

她好累好累……

索亦安到底是谁？他们到底有过怎样的过去？他又是为什么因自己而死……一大堆的问题在她脑海里飞快地蠕动起来，玖稚葵只好强迫自己沉沉地睡过去。只有睡过去了……只有在梦境里……才不会有那么多烦人的事情吧？那么，就睡过去好了……

玖稚葵也不知道自己到底睡了多久，醒过来的时候已经是傍晚。她揉了揉惺忪的眼睛，门铃却急促地响了起来。

“丁冬——丁冬——”

不得已从床上站了起来，玖稚葵一边应着一边快步跑到大门边，出现在门口的是隔壁阿姨那张写满了不好意思的脸。

“小葵，你在家真是太好了。”

“阿姨，有什么事吗？”

阿姨不好意思地冲女生笑了笑：“幼稚园已经要放学了，可是我在炖一锅汤走不开，所以……想让你帮忙接一下小浩放学。”

“好啊。”露出甜美的笑，玖稚葵一口便答应下来了。

“真是太谢谢你了小葵！”没料到玖稚会答应得那么爽快，阿姨愣了一下之后开心地笑了起来。

“不用谢——”

“那么小浩就拜托你了……啊！我屋里炖着汤呢，我先回去了！小葵，麻烦你了啊！”

“不客气！”

回到屋里，玖稚葵轻轻地吐了一口气。

好吧！去洗个脸，然后趁着去接小浩的空当好好地让自己放松一下，将那些狗屁倒灶的事全部忘记！将蓬头垢脸的自己收拾整齐后玖稚葵才出了门，向“小天使幼稚园”走去。

玖稚葵差不多花了半个小时向那个调皮的小鬼再三说明了自己不是人贩子是他隔壁家的姐姐后，那小鬼才半信半疑地将小手交到她的掌心里，走之前还郑重其事地向刚刚和他一起玩的一个小女孩说了一句让她要吐血的话——

“小美，如果待会儿我没有给你打电话，麻烦你帮我报警，告诉警察叔叔说我被人贩子抓走了。”

果然小孩子不能太聪明了……

“喂……你真的不是人贩子吗？”走在回家的路上，小浩第四次侧过头去问她这个问题。

“我真的不是……”

“那么，你带我去玩好不好？我回家太早的话妈妈会要我写字的！

最讨厌写字了！我才不要写字呢！”

虽然很敏感……但始终还是一个孩子啊。真是被这个小鬼打倒了！

“你不怕我将你卖去做苦力吗？”玖稚葵罪恶的念头在脑海里闪烁着黑色的光芒，故意逗着他玩。

“切——”小男生拖了一个长长的尾音，盯着女生的脸说了一句话，“你长得那么不聪明，怎么可能将我卖掉？”

算了，她还是放弃和这小鬼斗嘴吧！她还有大好的青春呢，不想过早地被气死啊……

“哇——长得很不聪明的姐姐！那边是不是有人在打架啊？我们过去看看吧？”身边的小鬼突然大叫了起来。女生果然看到了一大群穿着奇怪的男生将一个穿着白色衬衣的男生围在了中间，看样子……一场恶斗就要开始了……

衣摆被用力地扯了一下，玖稚葵一低头看见小浩那张闪着正义之光的小脸：“姐姐，我们老师说，看见别人有困难的话就要去帮助喔——现在我们就过去帮忙好不好？”

“你想我们被打成柿子饼吗？”

“一点儿都不想！可是，不管那个哥哥了吗？那他不是很可怜？我们不救他的话……他就要被打成柿子饼了……”

被小浩说得心虚，玖稚葵深吸了一口气后终于下定了决心。将小孩子牵到路边，叮嘱他不要乱跑之后，女生毅然地捏着拳头走向了那伙人。

“江御加，真没想到出了车祸也撞不死你啊？命还挺硬的嘛。”带头堵住索亦安的一个男生歪着嘴巴邪恶地挑了挑嘴角，阴郁的光闪过他的眼睛。

“是要比你的硬。”虽然被十几个人包围了，但索亦安依旧没有害怕。他只是暗叹了一句：江御加那小子平常的麻烦事还挺多的啊！

没想到索亦安连眉头都不皱一下，男生觉得面子挂不住了，只好再撂了一句狠话：“好。就让我见识一下，到底是你的命硬，还是我们的拳头硬！”索亦安都还没反应过来就被一只手推到了墙边，那些钢铁般的拳头雨点般地落在了他身上……

“警察来了！”望着开始殴斗的混混们，玖稚葵用生平最高的分贝冲那群人吼了一声。虽然那些混混个个都凶神恶煞的样子，但听到“警察来了”还是很没骨气地快速散开了，也有不甘心就这样走掉的继续多冲那个男生打了几拳。确定那些混混跑得一个不剩了之后，小浩“啪嗒啪嗒”地跑到了玖稚葵身边。

“姐姐……你过去看看那个哥哥吧。”

慢慢地靠近蹲在地上的男生，玖稚葵小心翼翼地问了一句：“这位同学……你，还好吗？”

男生缓缓地抬头，迎上了女生由担心转为惊愕的眼神。

第十章　苏醒的记忆

所有的记忆与美好模糊成没有轮廓的迷雾
只是在等待那一阵轻柔的微风
将它全数吹散……

1.

将一瘸一瘸的索亦安扶到了街心公园的长椅上坐了下来，玖稚葵打开药袋子，拿出一块OK绷，小心翼翼地贴到他被打裂了的嘴角上。

“当黑帮老大很惨……一点儿都不像电影里说的那么帅。”给男生贴上了OK绷，女生低下头在药袋子里找红药水的时候小声地嘀咕道。

虽然小声，但他还是清楚地听到了，无奈地扯了一下嘴角，传来的疼痛让他倒吸了一口冷气。

他又不是江御加，当然没他会打架了……

拿棉签蘸了一点儿药水轻轻地涂在他擦破的手臂上，玖稚葵道：“下次不要跟他们硬碰硬了。他们人那么多……你怎么可能打得过啊？还有，你不是老大吗？为什么身边没跟着小弟啊？这样多危险啊……”

这样多危险啊……

淡淡，却带着担心的语气。

小葵，多久没这样对他说话了呢？似乎从一见面开始，她对自己就没有太多的好感，几乎可以说是没有。可能他的出现太突兀了吧，让她一时间接受不了，所以她总是一次又一次残忍地将他推开，跑到遇宸羽翼下寻求保护。可是，他亲爱的公主不知道，他做的这一切，也只是为了守护她而已。他从没奢想她还能接受自己，他只想用自己不多的时间，再多给她一些保护，让她平安地度过危险。

“我没事……”

“别逞强了你，真要被打成柿子饼才能算是有事吗？”

男生的头低了下去。

“这里也擦破了……伤口还蛮深的，不行，我要送你去医院包扎一下，不然会得破伤风的。”

男生依旧低着头没有说话。

“你怎么了？很痛吗？”玖稚葵担心地看着他。

在一边的小浩惊叫了起来：“姐姐！哥哥他哭了！他疼得都哭了！

姐姐——我们赶紧把哥哥送医院吧！”

“你……”

玖稚葵的话还没说出口，就被男生猛地拥进了怀里，本来想挣扎的她，感觉到他的眼泪后安静了下来……

“小葵，我真的好想好想你……真的好想……我伤心不要紧……我只想你过得快乐啊……我只要你过得快乐就行了……答应我……以后也要微笑着面对一切好么。忘记的事就不要再想起了……不管别人怎么说……你都好好地过……要很快乐要很幸福……”

愣愣地听着男生断断续续的话语，玖稚葵被感动得说不出话来了，只能不住地点着头。

“索亦安不是你害死的……他不是……所以你不要在意他们说的话……橘瑞雪你也不要理她……你只要记得好好地生活，好好地和遇宸在一起就行了……知道吗？”

“你怎么会知道橘瑞雪？”

用力地拥了她一下，索亦安抹了抹脸上的眼泪后将她放开了。在女生惊愕的目光下站起身，索亦安抬手碰了一下嘴角，冲她微微一笑：“要记得我刚刚所说的话，知道吗？”说完这句话后男生便挺直了腰一瘸一瘸地走掉了。玖稚葵则呆呆地望着他消失的背影说不出半句话，直到小浩摇着她的手喊了好几声“姐姐”她才猛地回过神来。

“那个哥哥原来是姐姐的男朋友啊？他好帅喔……”

“小孩子乱说什么！”狠狠地瞪了小男生一眼，拉起他的手往家走去，“走吧，我们回家。”

“姐姐，我问你喔——一个女生送东西给男生是什么意思啊？”走了不到两分钟的路，小浩又开始歪着头向她发问了。

“你问这个干什么？”

小浩没有回答，而是挣开她的手，将背上的小书包脱了下来，从里面掏出了一个漂亮的音乐盒。“这是幼稚园的小美送给我的，她说我收了的话，以后就只能和她玩只能和她说话，不许再跟别的小女生凑在一起了。”

玖稚葵的眉头抽搐了一下……现在的小孩子也太早熟了点吧……

“我本来不想收的，”小浩继续说道，掀开音乐盒的盖子，“可是姐姐你听，这音乐好好听喔——而且它又那么漂亮，所以我就收下了。”

DO DO RE MI MI FA SO LA SO MI——

熟悉动听的旋律从音乐盒里飘了出来，玖稚葵的眼睛死死地盯住那个不断地发出乐声的音乐盒，嘴唇在那一瞬间变成了吓人的苍白色。

DO DO RE MI MI FA SO LA SO MI

一幕幕清晰的场景浮现出来——

“原来你是男生啊？好丢脸啊！我怎么会将男生认成了女生！”她与索亦安初相识时的对话。

SO FA MI RE FA MI RE DO—

她与他在美食街上比赛着吃牛肉串，心急着想多吃两串的她被烫到了嘴，他俯下身小心翼翼地用手去抚她红肿的唇。

DO DO RE MI MI FA SO LA SO MI DO DO RE MI MI FA SO LA SO MI——

她和他坐在网吧里，一人一只耳塞听着歌，她兴奋地扭过头去对他说这首歌很好听，说要下载到音乐盒里每天抱着边睡觉边听。

他温柔地笑，说——好。

无数的记忆碎片在脑海里飞了起来，最后渐渐地拼成了完整的形状。像是被按了快退键似的，他们所经历过的一切在她的脑海里倒放了一遍，最后停下来的画面是他们去海边的路上撞车的那一幕……

鲜红色的血。无尽的黑暗。头部的疼痛。松开的手。

这一切一切，像是沉睡在她体内千年忽然间被唤醒了似的，所有的一切都苏醒了……

捂着疼痛欲裂的头半跪在地上，玖稚葵泪流满面地尖叫：“亦安！不要走！”尖叫倏然低了下来，手里还拿着音乐盒的小孩子见她软软地倒在了地上……

2.

索亦安还在。

他就在前面，所以，只要跑快一点，就能追上他了……

满脸都是泪水的女生捏紧拳头拼命地追着白色身影，可是不管怎样努力地跑，依旧与他保持远远的距离。

“亦安，对不起！我不该忘记你的！我该死！我怎么可以忘记你……我怎么还可以说忘记你无所谓的话……你等我一下好不好……你等我一下……”可是，走在前面的白色身影像是没有听见一般，依旧向前走去，依旧是不急不缓的速度。

捏了捏拳头，女生奋力想追上去，可是却被一块石头绊了一脚，就这样，她绝望地看着那个身影消失在她的视线中……

“亦安！你不肯原谅我吗？对不起对不起！我都想起来了！”尖叫着从梦中醒了过来，玖稚葵看到的是妈妈和小桑惊讶的脸。

还有……遇宸。

“小葵，你……”小桑冲过去握住了玖稚葵的肩膀猛地摇晃了起来，“你真的想起亦安了吗？真的想起他了？”

“小葵你怎么了？你说话啊！你是不是想起索亦安了？是不是啊？你回答我啊！”

玖稚葵缓缓地抬起头，最后，视线定格在了站在一边的遇宸身上，而几乎是在他们的视线相遇的同时，肯定的句子从玖稚葵的嘴里吐了出来："是的，我，想起来了，想起亦安了。"

女生低低的声音让站在一边的男生捏紧了拳头，眼底闪过一丝几乎不能察觉的哀伤。

"呜呜呜——他死了啊……都是我……是我害的，如果不是我说要去海边……他怎么会死掉……他怎么会离开我……呜呜——"低声的抽泣变成号啕大哭，玖稚葵哭得撕心裂肺。

"小葵啊……不要哭了……"小桑难受地将玖稚葵拥进了怀里，轻轻地拍着她的背。

"叫遇宸走，让他走。"闷闷的声音从小桑的怀里传来，女生的声音里有着颤抖。

"小葵，你……"玖太太更惊讶了，"你怎么……"

"让他走！"女生退出小桑的怀抱，蓄满眼泪的眼睛望向俊美少年，"我不要跟别的人在一起了……不要了……亦安……我只要亦安！"

心仿佛被刀狠狠地戳了一下，少年的嘴唇抿成了紧紧的一条线。

"玖稚葵你知道自己在说什么吗？"

"我清醒得很！我什么都想起来了！你只是中途插入的局外人啊！亦安才是一直住在我心里的那个人！他从来就不曾离开过！我跟你之所以会在一起，那都是因为我忘记他了啊！现在我什么都想起来了，包括对他的喜欢，以前的一切一切，全部都回到我的脑海里了！我不能欺骗你，不能欺骗我自己，更不能欺骗亦安！"

"是这样子的吗？我对你而言，就是这么无所谓的人吗？"遇宸望着缩在病床上的她，语气轻淡。

"不是无所谓的人……可是……可是亦安才是最重要的啊！他是我这辈子的归属！我只想要他一起啊遇宸……原谅我好么……原谅我的任性……对不起……"哭着喊出了这些话，玖稚葵的头深深地埋进了双臂间，任眼泪肆虐。

"不要说这种话……我是不会听的。既然那么不想看见我，那么——我走。”遇宸低沉地走出了病房。

他知道，这一转身意味什么。他一转身，就将所有的东西都抛在身后了。一切就都褪成黑白，成为永远的回忆。她的笑，她的动作，她的……誓言——

原来……承诺真的只是易碎的花瓶吗？

“遇宸……”玖太太追了上去拉住他的手臂，男生停下了脚步。

“对不起……可能小葵只是刚刚恢复记忆，有点激动……请不要在意，你不要将她的话放在心上。”

“是么？”漂亮少年露出一抹苦笑，“已经不重要了不是吗？有什么好在意不在意的。”

“你……”玖太太的眼睛润出了泪水，转身走回了病房里。其实不管怎么样，他们当中都一定有人要受伤害，只是她没想到……最后被小葵踢出局的……会是遇宸……

等遇宸走远了才从拐角里走出来的索亦安无力地抵着墙壁，听着病房里玖稚葵的哭声，心钝钝地疼起来。

为什么小葵你总是要哭……为什么每次都是因为我哭……我只是想你过得幸福啊……我那么努力都只是想你开心地笑……可为什么我这个笨蛋……每次都把你弄哭呢？小葵，你不要哭了好不好……不要哭了……

眼泪顺着脸颊落了下来，听到病房的门打开他急忙闪身躲到了拐角，直到玖太太和小桑都离开了他才走了出来。

小葵泪湿的脸让他毅然走进了病房，不管怎么样……既然事情已经发展到这个地步了，一切就都顺其自然吧……

头抬了起来，玖稚葵一看见是“江御加”就尖叫了起来：“出去！出去！我谁也不要见！”

“索亦安也不要见吗？”

DO DO RE MI MI FA SO LA SO MI……SO FA MI RE FA MI RE

DO……

动听熟悉的旋律从男生的嘴里飘逸而出，玖稚葵惊讶得说不出话来了。

“怎么会……你怎么会知道……”

“你说过这首歌很好听，要把它下载到音乐盒里每天晚上听着它睡觉的，我怎么可能不知道。”已经下定决心要坦白一切，索亦安心里一片宁静。

“你……”悬在眼角的泪珠落在了地板上，女生这才意识到男生与索亦安相似的轮廓。猛地冲上去拽住了男生的手臂，玖稚葵几乎要哭出来了：“亦安！你是亦安么？你没死的是不是？亦安……对不起……”

“小葵，以后不要再哭了好吗？答应我要好好地生活，我不能一直守护着你了，不要和遇宸分手，要好好地和他在一起……知道吗？”

“不要不要！我只要你啊！”拼命地抓着男生的手臂，玖稚葵哭得都要晕死过去了。

“乖——你现在只是一时接受不了而已，以后……一切都会淡去的……所以，还是忘记我吧……来，安静地睡……睡吧……”

“亦安……我们以后也不要分开了好不好？等我睡醒了……我们就去教堂……好不好？你一定要等我睡醒哦……我们……要一起去……教堂……”

“好……你乖乖睡吧……等你醒了我们一定去……”仿佛安眠曲般的声音慢慢地将激动的女生安抚了下来，她虽然慢慢地睡了过去，手却依旧紧紧地抓着男生的衣服，害怕他偷偷走掉。

为她盖好被子之后，男生像卸下了所有负担似的松了口气。缓缓地转过身，索亦安看了一眼站在他身后的完全陌生的两个守护使者，脸上浮现无奈的笑：“你们，还是来了。我可以跟你们走，但是在走之前，能让我去一趟教堂吗？”少年哀求。

两个守护使者无声地对视了一眼，微微地点了一下头。

而此时，梦中的女生正与他相约在教堂举行婚礼……

2.

“绿歌！你好大的胆子！身为勾魂使者，你居然敢不经过本王的同意，私自为那些孤魂野鬼进行灵魂互换，你要受到惩罚的！”冥王狠狠地捶了一下桌子，恶狠狠的眼神射向跪在殿下的勾魂使者——绿歌。

“属下知道这是无法原谅的错误，所以愿意接受惩罚。”绿歌依旧没有太多的表情。

她这不咸不淡的表情彻底惹怒了冥王。

“殿下……她……”

大手一挥示意星河不用再为她说情，冥王沉着声音再次开口：“你要陪着索亦安那个臭小子一起灰飞烟灭。”

绿歌挑了挑嘴角，笑得倾国倾城，连冥王也不得不承认她的确是一个美人。

“我想，他也不会后悔吧。”

“好！有骨气！”冥王铁青着脸唤了另外的守护使者上殿，“你们，现在马上将索亦安那个臭小子的魂魄捉回来，我要让他们知道，什么叫做错了事情就该受到惩罚！”

“殿下！”星河跪倒在地上，“求您把刑罚减轻一些吧！让他们受一下苦就可以了……不要让他们灰飞烟灭啊……”

“闭嘴！再替他们求情，连你一起受罚！”

“殿下……”星河依旧不死心，想继续哀求冥王的时候被一旁的月罗拖走了。

望着越来越远的冥王殿，星河心底一片凄冷……他知道，这次，索亦安无论如何也逃不掉了……

从冗长的梦中醒了过来，发现身边已经没有了索亦安的身影，玖稚葵惊恐了起来。她掀开被子跳了下床，正要冲出病房去的时候被护士逼回了床上。

“一个病人你不好好呆在床上你想去哪？给我躺好！吃药了，快吃吧，吃了休息一下就好了！”

“啪——”猛地将护士的手打开，玖稚葵趁她嘀咕着弯下身去捡药丸的时候跳下了病床，奋力地朝病房门口冲去。她一定要逃出这该死的医院！索亦安还在教堂里等着她呢！

“医生！拦住那个女生！不要让她跑出去啊！她现在很激动！”小护士冲出病房，朝正往这边走来的一个男医生大吼。

可惜那个医生还是慢了一拍，当他想伸手抓住与他擦身而过的玖稚葵时，女生已经快速地跑出了医院的门口，钻进了一辆计程车里，一眨眼的时间，那辆车便载着她绝尘而去了。

这一幕正好被想再来探望玖稚葵的遇宸撞了个正着，意识到事情不对劲，男生马上挥手叫了辆车，吩咐司机紧跟着女生所坐的那辆计程车。

坐在计程车里，玖稚葵浑身止不住地发着抖。

“小妹妹……你……你很冷吗？要不要我把冷气关了？”从倒后镜中看到女生抱着肩膀不停地颤抖，好心的司机大叔转过头问她。

“到婚纱店去。”没理会司机大叔的关心，女生低着声音说道。

“什么？”

“到婚纱店去！快点！”

意识到车上的这位客人情绪正激动着，司机大叔只好不再多说什么，一心只想快点开到婚纱店，让她下车。

“请问……是哪家婚纱店呢？”

“随便！随便哪里都行！你快点开！”玖稚葵按住隐隐发疼的太阳穴，咬着牙齿告诉自己一定要撑下去。亦安还在教堂里等着她呢……她欠了他那么多……她还在他面前说什么将他彻底忘记的话……他听了该有多伤心啊。她是个坏人！彻头彻尾的坏人！橘瑞雪说得没错，她该死！她忘记全世界也不该忘记索亦安！就算她自己受到伤害，也不应该让索亦安受伤……她居然还让妈妈将那些关于他的东西都丢掉……这样过分……这样可恶的她，怎么还配他的守护？她怎么还有资格被称为他的公主？她是女巫！世界上最狠毒的女巫！她怎么可以以失忆为借口将亦安伤得遍体鳞伤……她真是太该死了……呜呜呜——所以……这次，无论如何也要到他的身边去……漂漂亮亮的到他的身边去……永远跟他在一起……

“客人——婚纱店到了！”挑了一家路程最近的婚纱店，司机大叔紧绷的心松了一口气。

“对不起……我现在没有带钱……要不你把你的电话写下，我以后再付你……”要下车的时候玖稚葵才猛地想起钱的事，只好窘着脸向司机大叔道歉。

“啊哟——算了算了！”司机摇了摇头朝她摆了摆手，“算我今天没载过你吧！唉——”

“大叔，谢谢你……”。

“快点走吧你——”关上车门，司机大叔猛地踩下油门。

“小葵，你要干什么！”紧跟在玖稚葵身后的遇宸看她要走进婚纱店里，连忙跳下车上前扯住她。

“遇宸……”女生微微地愣了一下，铺天盖地的内疚席卷而来，“对不起……”

“我不要听你的对不起，你告诉我，你在这里干什么？为什么不在医院里休息？”遇宸的心不可抑制地疼了起来，但他努力做到面无表情地问她。

“我要穿婚纱……我要去教堂找索亦安！”

“你清醒一点儿好吗？索亦安已经死了！”痛心玖稚葵不肯接受现实，遇宸握住她的肩膀猛地摇晃了起来，似乎想让她清醒过来。

“他没死！你胡说！他才没有死！”

“他已经死了！橘瑞雪说的！他已经在车祸中死去了！”

“不是！”挣开遇宸的手，玖稚葵几乎要尖叫了起来，“他没死！江御加就是索亦安啊！他就是索亦安！他一直在我的身边！他自己这样对我说的！他还唱了那首只有我们才知道的歌！所以他没死！根本没有！”

什么？江御加就是索亦安？

遇宸惊讶极了，握着女生肩膀的手也不自觉地松了开来。

“所以……请不要阻止我好吗？让我去见他……让我去……”深吸了一口气，努力平静下来，女生哀求道。

“真的吗？江御加是索亦安？不可能……”这怎么可能……他们明明是不同的人啊……

“我没时间跟你解释了……亦安一定是在教堂里等着我了。我要马上穿着婚纱赶过去……”急急地丢下这么一句话，玖稚葵转身就要冲进婚纱店。

“等一下。”被男生扯住，玖稚葵不得不回过身，对上少年哀伤弥漫的墨色瞳孔。

“就让我送你一套婚纱吧。我想，亲眼看着你得到幸福，也想让自己就此死心……”

“遇宸……对不起……真的对不起……如果有下辈子……我一定选择和你在一起……一定会的……”哭着扑进了男生温柔的怀里，玖稚葵的眼泪似乎要流光了。

“那么……说好了的啊。下辈子，无论如何，你都要和我在一起……”

“我答应你……”

“进去吧，别让他等久了……”轻轻地推开女生，拉起她的手走进了婚纱店。遇宸清晰地听到他的心“啪嚓”碎裂了……

3.

索亦安被押到了冥王殿上，看到被绑在铁柱上的绿歌时，他的心狠狠地痛了一下。把头转向了冥王，他缓缓地开口：“不关绿歌的事情！请您放了她！”

“真是让人感动啊。我都不知道冥界何时有了那么多人情味呢。”冷哼了一声，冥王下令鬼差将他也绑到了铁柱上。

"本来就是与她无关，是我要求她那么做的，所以你不该迁怒于她。"

"算了，留下一口气吧。"绿歌淡淡一笑，"没什么好怕的不是么？早就死过一次了，这次不过是更彻底一点儿而已，有什么不一样？这样整天勾别人的魂魄我也厌烦了，不如早点消失得到解脱更好。"

"绿歌……"少年的眼睛里蓄满了眼泪，他死命地咬着嘴唇不让自己哭出声，"请冥王您公平一点儿，不要祸及无辜。"

"说情也要有理由吧？她是不是无辜，这个你们自己最清楚了。居然还有脸向我求情？"平缓的语气蕴涵着怒意，"自从你这个臭小子来了之后，把我们冥界搅得一塌糊涂，这次居然还连累了我的属下，真要你灰飞烟灭一万次都不够！"

"所以，请您放过绿歌。"

"不可能。"冥王冷冷一笑，"既然做错了事情就要受罚，天地人三界都知道这个道理，不可能放过她了。怪只怪你一时冲动，没考虑清楚。"

知道事情已经没有转圜的余地了，索亦安满是歉意的眼睛望向绿歌："对不起……"

"早在这之前我就已经知道是这种下场了，要是怪你的话，我又怎么会帮你？"绿歌依旧是笑，"怎么样？我费了那么多的心思帮你……你的公主还好吗？"

"她想起我了……"一想起玖稚葵，索亦安的胸口就泛起一阵锥心的疼痛。以后真的再也不能守护在她的身边了……她哭的时候不能给她擦眼泪……她伤心的时候不能安慰她……她开心的时候不能陪伴着她……她累的时候不能再拥抱她……一切的一切，都不能了……脑海里蓦地闪过遇宸的脸，索亦安的嘴角浮上浅浅的笑。

幸好，还有天使替我爱你……遇宸一定更会照顾你吧？他一定能给你更多的保护、更多的幸福、更多的快乐……

所以……请将我忘记吧……

从此，这个世界上再也不会有索亦安这个人了……连魂魄也没有了……

真的要……彻底消失了……

“真不是好事啊……”绿歌苦笑了一下，侧头望向索亦安，“再见了。”

再见。

是再也不见了……对吧?

冥王念了一个咒语，宽大的衣袖一挥，橙黄色的光芒将他们两个完全罩住了……像是有什么在撕扯着他们的灵魂……他们的轮廓慢慢地在那橙黄色的光芒中模糊。先是脚……然后是腰……再到胸口……到手……接着就是脸了……

那些回忆忽然间飞满他的脑海，带着粉红色的光芒，一下又一下地闪过他的眼前——

小葵微笑的脸，小葵哭泣的脸，小葵发呆的脸，小葵愤怒的脸，小葵调皮的脸……那些所有关于小葵的过往依次在他的心里重复了一遍，像是用最后的力气将这一辈子温习一遍，然后牢牢地封印在心中。

小葵……

轮廓彻底在空气中模糊开，最后连一点儿痕迹也没有了……

仿佛被一场大雨洗礼过一般，鲜明而热烈的颜色褪成无力的苍白。所有的记忆与美好模糊成没有轮廓的迷雾，只是在等待那一阵轻柔的微风，将它全数吹散……

像是夏天森林里的萤火……忽然间就消失不见……恍若一个绿色的梦境……

星河呆呆地望着那两根空柱子，进入冥界以来第一滴眼泪从他的眼角，滑落。

4.

吱——

车子在本市唯一的教堂门前停下，遇宸为穿着繁重婚纱的玖稚葵打开了车门，并将她牵下了车子。

“你很漂亮，他一定会很喜欢的。”遇宸望着如同天使般的女生，眼睛微微地刺痛了起来。

多讽刺。他居然要亲手将自己喜欢的女生交到别人手里。

“谢谢。”玖稚葵微微一笑，“这教堂……我之前在这里和你闹过呢。”

“不要再戳我的痛处了。”半开玩笑半认真地说道，遇宸拉起玖稚葵的手牵着她缓缓地走向教堂。

“你说过下辈子会选择和我在一起的，记得吗？”身边的男生低声说道。

“遇宸，我知道你不想听，但是我还是想说——对不起。”

“记得下辈子和我在一起就行了，我不要听对不起。”一步，两步，三步……十步。牵着女生在教堂的大木门前站定，紧握着她的手的手终于放开，“去吧。”

感激地看了男生一眼，玖稚葵终于鼓起勇气推开那道厚重的大门……索亦安的身影出现在了教堂里面……

“亦安！”眼眶瞬间红透，女生哽咽着朝那个挺拔的背影喊了一声，她等着他过来，将她牵向红毯那头……

身影挺拔修长的男生缓缓地转过身，是那张轮廓熟悉的漂亮的脸……他看着女生，疑惑的声音响起——

“你是谁？”

第十一章 遗失的美好（番外Ⅰ）

你就是上帝赐予我的
生命中最大的惊喜……

1.

当剧组所有的人都忙得天翻地覆的时候，却有一个人无比清闲地坐在角落里，伸着她白皙的手，眼睛紧紧地盯着食指上那枚闪闪发亮的镂空花纹的银戒指，嘴角荡起轻浅甜蜜的微笑。

温和的阳光透过树叶缝隙洒落下来，变成了细碎的小光斑，欢快地跳跃在女生柔软乌黑的头发上，在她身上镀上了梦幻般的柠檬色光芒。

那枚套在她食指上的戒指，发出耀眼的纯白色亮光，仿佛钻石般闪耀夺目。女生望着那枚流光溢彩的戒指，好像从那枚戒指散发出来的光芒里看到了她与他最初相识的那天的情景——

“呼——呼——累……累死人了！”把手上那个黑色的大塑料袋子放到了地上，玖稚葵甩了甩已经麻痹得不像是自己身上一部分的手，喘了一口气之后便走向了身后的冷饮店。

那么热的天气拎着那么重的东西，她不累不喘才怪呢！

“老板，我要一杯草莓冰砂！”

“好——来了！”手脚利索的老板很快便将一杯凉沁沁的草莓冰砂递到了女生的面前。

付了钱接过老板递过来的冰砂，女生完全不顾淑女形象咬住吸管就开始大吸特吸了起来。

天呐！原来世界上真的有那么美味的东西！好吃到她想绕着地球振臂欢呼着跑上三圈啊！

把草莓冰砂吸了个底朝天，回味无穷地伸出舌尖舔了舔还残留着甜味的嘴唇，玖稚葵这才想起那个被她遗忘的黑色大塑料袋子。正想回过身去把它拎到身边，女生突然心惊地发现，她搁在地上的黑色塑料袋子已经不翼而飞了！而那个塑料袋刚刚呆着的地方，刚好有一辆超大型的垃圾车停在那儿，而且看着那庞大的车身颤动着的样子，应该是要发动前往垃圾焚烧场了……

垃圾车……黑色塑料袋子……垃圾车……黑色塑料袋子……这样来

回念了几遍之后，玖稚葵终于将这两个名词的关系连在一起了！

该死的！那些收垃圾的肯定是把她的宝贝袋子给扔垃圾车里去了！正这么想着，她发现那辆垃圾车已经缓缓开动了……

"喂！等一下啊！前面的臭垃圾车我让你停一下！你把我的东西拿错了！那个不是垃圾啊！"玖稚葵赶紧追上去边跑边大声地嚷嚷着。

可惜现在的垃圾车太前卫了，居然还有音响设备，所以女生的喊声就很诡异地被"你是我的玫瑰，你是我的花——"这种缠绵动听的歌声给掩盖了……

"啊！要死了！你到底听到没有！我的袋子啊！我的袋子！拜托你们把车停一下让我把袋子拿回来啊！"顾不得行人向她投来的怪异目光，玖稚葵双臂摆动得更急促了，分贝也从70飚升到120。

可惜啊……依旧是没有人听到她气呼呼的喊声……

怎么办怎么办……

要是东西是她自己的那还好办得多，大不了不要了，可那不是她的呀！她死磨硬磨才借来的东西，现在居然在要还的时候搞丢了，这算是演的哪出戏啊？！

她边跑脑袋边飞速地运转着寻找解决的方法，眼睛的余光瞟到一家店门口有个漂亮的女生正骑在一辆摩托车上准备发动，于是她冲到那个女生的面前跳上人家的摩托车，急急地在女生的耳边喊了一声："姐姐，麻烦你帮我追一下前面的垃圾车好不好？拜托你了！"

话一说完，玖稚葵的手就紧紧地抱住了那女生的腰，摆明了就是"我死都不要下去，你帮定我了！"的架势。

女生被她的举动吓了一跳，不过也没说什么，只是递给她一个安全帽戴上，然后便发动车子去追那辆垃圾车了。

如果要玖稚葵说出她这辈子干过最蠢的是什么事的话，她绝对会毫不犹豫地回答——

"我不要活了啊，我居然将一个男生看成了女生并且还不问问人家的意见就跳上人家的车子……还将人家抱得紧紧的！上帝啊！掉一块板砖下来将我砸死吧！砸不死把我砸失忆了也好啊！”

是的。

玖稚葵那个脑筋打结的笨蛋，不但将一个男生认成了女生，并且在人家帮她追上了垃圾车，还不顾肮脏陪她一起跳进了垃圾车里找到那个宝贝袋子之后，恭恭敬敬地朝人家鞠了一个躬，响亮地向“她”道谢：“谢谢姐姐的帮忙啊！真是太感谢太感谢你了！姐姐以后一定会找到一个很好的男朋友的！”

被玖稚葵喊作“姐姐”的索亦安稍微愣了一下，随即哈哈地笑了起来。

“你……你是不是弄错了？我哪里看起来像女孩子啊？我明明就是一个男生。”索亦安笑得都要直不起腰来了。他知道自己长得比较像女生，可是从来都没有发生过被人误认为是女生的事啊！是面前这个女生眼睛有问题，还是他自己今天的打扮有问题啊？

“什么？！你……你说你不是女生？！”拔高的声音里带着不可置信。

“我是货真价实的男生。”男生耸了耸肩，嘴角依旧带着微微的笑意。

这都什么事啊……这年头的男生居然长得比女生还漂亮！真是造孽啊……害她那么糗地认错了人，还那么“不要脸”地抱住人家的腰……

啊！如果现在地上出现了一条缝的话，她肯定会毫不犹豫就钻到里面去！

“玖稚葵！要死了！全世界的人都忙得喘不过气来，你居然躲在这里傻笑？！”女生正呆呆地望着手指上的戒指傻笑着回忆的时候，脑袋上忽然狠狠地挨了一下。她猛地从粉红色的回忆中惊醒过来，一抬头，正好对上了副导演气急败坏的脸。

“对……对不起……”慌忙把伸得直直的手缩了回去，玖稚葵一下从椅子上站了起来，垂头弯腰，一副被欺负了的小媳妇状。

“你有没有一点儿替身演员的自觉啊？算了，我不数落你了！快点准备一下出镜吧！”看着女生那副可怜巴巴的样子，副导演也不好再骂下去了，随便说了她几句便挥挥手让她去化妆准备出镜了。

没错！玖稚葵现在正在电视剧《烈火爱人》的拍摄剧组里充当女主角的替身。这个替身可不好当啊！因为这是一部古装戏，里面会有不少飞檐走壁的镜头，而偏偏女主角是恐高的家伙，所以替身这一角色就落到了急着用钱、能吃苦耐劳又不畏高的玖稚葵的身上了！

换上女主角换下来的戏服，化好妆，由幕后工作人员在她的身上做好了安全措施，玖稚葵抬头看了那棵高大的树一眼……是挺高的嘛……

嘿！不能退缩啊！为了那两件华丽的王子公主礼服，就是要冒着从树上摔下来的危险也要硬着脖子上了！再说，已经做足安全措施了嘛！所以，就不要有这方面的担忧了吧！

“喂，准备好了没？我们要把你吊上去了噢——”幕后工作人员拍了拍玖稚葵的肩膀，用深表同情的眼神望着她。

“行了！没问题！”牙一咬脚一跺，玖稚葵索性豁出去了。死就死吧！反正这树也不是特别高！（刚才是谁说“这树还挺高的”来着？）而且下面还有垫子垫着呢！绝对死不了就是了！所以，放心上吧！

花了差不多两分钟的时间安慰自己，深深地吸了一口气对工作人员打出了一个OK的手势，伸出去的手都还没回到原位，玖稚葵就已经被吊得老高了！

“啊啊啊！”虽然她小时候有爬屋顶和从两层楼上跳下来的经历，不过忽然被吊得那么高，玖稚葵还是爆发出了一连串惊人的尖叫，差点儿没震落一地的树叶。

“你行不行啊你？不行就不要死撑！”副导演把剧本卷成了筒状朝着吊在半空中的女生大喊。

“行！”牙关一咬，玖稚葵勉强地扯出了一个笑，“我……我是觉得这上面的景色太美了才喊出来的！真的好美丽啊！”

为了能和亦安一起穿上那漂亮的宫廷礼服，还是暂时将心里的恐惧压下吧！反正也只是一时的害怕而已，玖稚葵！

“那开始拍了啊！最好争取一次就行，这样你也不用受那么多的苦。”

“是！”

接过1500块演出费的时候，玖稚葵蓄在眼里的眼泪，差点儿没淌成两条小河。

这1500块真是太不容易赚了！原本她还以为能克服心里的恐惧一次通过，可没想到她一被吊到上面，伪装了不到五分钟的轻松和坚强就全线崩溃，抖得连话都说不完整了。光是一句简单的“想抓我？恐怕没那么容易”的对白搭配挥剑动作这个镜头就已经来回拍了八次，接下来的就更不用说了。

不过副导演总算是个好人，让她顺利地将这么一个角色演完了才语重心长地对她说：“孩子，不走演艺这条路，你的前途会更美好的……”

算了！反正这也已经过去了！不开心的事情，就把它当成吹过耳边的风，消散了就什么事情也没有了吧！

从口袋里掏出已经关了三天的手机，才刚开机屏幕上就显示了20条未读短信和12个未接电话。全部都是来自索亦安的。

这么多天没联系他，恐怕他都要找得疯了吧？

哎呀，这也是没办法的事情呀！为了在他即将到来的生日上给他一个惊喜，她必须得那么做，所以……她也只能在心里说对不起了！

看着手机里那些尽是“小葵，为什么都不接我电话？你怎么了？”之类的短信，玖稚葵轻轻地叹了一口气，拇指按向回复键。可是手指刚在键盘上敲了几个字，脑海里就有一个尖锐的嗓音响了起来：不是说好等到他生日的那天要给他一个惊喜的吗？如果现在就跟他说明自己是为什么失踪那么多天的话，这么多天来所做的不就都白费了？那样的话，还有什么惊喜可言啊？

那个语气尖锐的嗓音促使她狠心地将未发出的短信一个字一个字地删除掉，望着他发来的短信后面署名的“索亦安”三个字发了一会儿呆，女生还是关上了手机将它丢进了衣服的口袋里。

要保密要给他惊喜呀！

所以，亲爱的亦安，对不起了。

捏着装了1500块的茶色信封，玖稚葵黯淡的脸亮起了一丝粉红色的光芒。

她伸手招了一辆计程车坐了进去，吩咐司机将车子开到育民路的“COLOUR”衣服专卖店，一丝温柔明亮的笑意在女生柔长的眼眸里荡漾开去。

她要在他生日的那天，给他一个关于王子和公主的童话。

2.

望着始终未亮起的手机屏幕，靠着栏杆穿着白色衬衫的少年的眼底倏然闪过细长的落寞，带动嘴角弯成不解的弧度。

为什么她一直都不开机？为什么一直没有找他？是家里出了什么事情吗？为什么他什么都不知道？现在的他就好像被关在屋外无助徘徊着的小孩一样，不知道屋子里上演的是什么故事。

“喏！”视线里突然出现了面包和牛奶，还有一个清亮孤傲的声音在他的耳畔响起，“索亦安，我知道你还没吃早餐，特意为你买的。喂！可不许拒绝啊！”

无奈地冲有着漂亮容颜的女生笑笑，索亦安边道谢边接过女生递过来的还带着温度的早餐。

“我听说，玖稚葵那丫头有一个礼拜没有和你一起来上学了？”在索亦安接过了早餐之后，女生并无离开的意思，反而闲闲地与他一起靠在了栏杆上，像是有意无意地在打探着些什么。

“与你无关吧？”知道女生说这些暗藏着的是什么意思，少年的神色顿时冷峻了起来。

“喂！你可是刚刚才接受我的早餐呐！我不过是关心你好心问一下嘛，何必摆一副怨妇的脸孔给我看？！”不满少年刺耳的语气，女生控诉道。

“橘瑞雪，”索亦安的眼神更冷了，“我们之间的事不用你关心。还有，你关心得也太多了，我受不起。你的早餐还你，我走了！”将早点塞回满脸写满了诧异的女生手中，索亦安丢下一句暗藏深意的话便迈开长腿转身要走。

“索——亦——安！”咬牙切齿的声音在他的身后炸响，移动的脚步因那饱含怒气的话而停止了下来。

“你，就那么喜欢她吗？我就一点儿也比不上她？我有什么不好？我哪里比她差了？”橘瑞雪近乎歇斯底里，追问里包含了太多的不甘和怨恨。

俊美的少年转身凝望她，缓缓地开口：“你没有比不上她。你很好，真的很好。”

“那为什么你一直都不接受我？！”橘瑞雪的冷静在少年这句话出口后全线崩裂，声音一冲出喉咙便碎成了尖锐的碎片。

“因为我喜欢她。只是因为我喜欢她，就是如此简单。”缓慢地将这些话说完，索亦安便转身走开了。纯白的衬衫衣角在空气中划出决绝的弧度，那是不留余地的线条。

被“我喜欢她”四个字激得浑身颤抖的橘瑞雪猛地将索亦安塞回她手里的早餐砸到地上，牛奶盒与地面激烈碰撞后严重变形，裂开了一道口子。那些乳白色的液体汩汩地淌出来，犹如女生脸上淌成小河般的眼泪。尖尖的指甲掐入柔嫩的掌心，橘瑞雪抬起手用力地在濡湿的眼睛上抹了一把，然后蓄尽全身的力气朝索亦安消失的方向大声地喊道——

“索亦安！我才不会放弃呢！等着吧！总有一天，你会到我的身边来的！”

拔高的声音被忽然而来的一阵风吹得四下散开，少女坚定不移的誓言瞬间充斥了整个天地。

抱着装着华丽礼服的购物袋，玖稚葵心情大好地哼起了歌曲：“是我想得太多/犹如飞蛾扑火那么冲动/最后/还有一盏烛火/燃尽我/曲终人散/我看破……”

伴随着浓浓的古典风的旋律，女生脚步轻快地走在回家的路上。

忙活了差不多一个星期，终于都能将那两件贵到爆炸的华丽礼服给买回来了！回想最初经过服装店时看到这两件衣服的表情，那还真是傻得可以，简直就是被那两件衣服的华丽震撼到傻。

仿佛是巨大的磁铁一般，紧紧地吸住女生的目光，那繁复华丽的设计，甚至让她兴奋得手指头都麻痹了。

这很明显就是穿在公主和王子身上的礼服嘛！而且还是高贵的欧洲古典风，光是望着那两件礼服就有置身于17世纪欧洲宫殿的感觉了，而站在她面前的就是穿着华丽的礼服准备进入教堂的公主和王子。

多么浪漫的一幕啊！如果她也能跟索亦安一起穿上这两件礼服，演绎一场属于他们的童话的话，那该有多好啊……

这个想法一出现便以势不可挡的凶猛势头滋长了起来，犹如藤蔓瞬间占据了她整个脑袋，直到这一强烈的愿望实现了，她那疯狂的情绪才稍稍地平复了下来。

“不知道亦安看到这两件衣服的时候会是什么表情呢？惊讶？开心？哇哈哈哈哈——好期待喔——”边开心地抱紧衣服边幻想着索亦安脸上可能出现的表情，玖稚葵的眼睛乐得都眯成了细细的一条线。

脑袋里正胡思乱想的时候，玖稚葵忽然注意到前面的路口站着一个她熟悉的身影。

是索亦安。

他果然还是来找她了！

低头看了一眼手里大大的袋子，玖稚葵的脸上露出了左右为难的表情。

怎么办呢？现在肯定是不可以让他看见衣服的，不然那接下来还有什么可期待的了呀？可是她又能怎么办呢？就这样走过去的话，他不可能不看见的啊！看来……也只能避着他走另一条路回家了。

看了一眼那落寞而修长的身影，女生的心底闪过一丝疼痛。

心里那个小小的自己双手合十不停地朝着他道歉："对不起对不起！为了给你惊喜，现在只好委屈你一下了。就再忍一忍吧——再忍一忍就行了！"

转身走另一条路之前，女生再次转头看了正低着头摆弄手机的男生一眼，看样子他应该是在给自己打电话吧？不过可惜手机已经关掉了……

幽幽地叹了一口气，女生狠心地将头一扭，走向了另一条一样能到家的小路。

听着手机里传来的"你拨打的用户已关机，请稍后再拨"，男生长出了一口气将手机挂掉。

眼睛望向她平常一直走的小路，目光期待地搜索着那个熟悉的身影，可惜，没有看见她。

准备抱着装着衣服的袋子从索亦安的眼皮底下溜走的玖稚葵，一转身就愣住了。因为她看见了一张得意洋洋并且漂亮得如同SD娃娃般精致的面孔。

"为什么不走那边？"双手环抱在胸前，橘瑞雪一副"人赃并获"的骄傲得意模样。也不知道她的骄傲和得意都是打哪儿来的……

"我……"一时找不到合适的话回答，玖稚葵只能大着舌头反复地在"我"字上转着圈。

"索亦安！你要找的人在这里！"

听到喊声的索亦安下意识地回过头望了一眼声音的发源地，没想到这一看就看到了连日来都不曾与他联系过的玖稚葵。

"小葵！"

惨了！望着快步走向她的索亦安，玖稚葵心里暗暗地喊糟，抬脚刚想跑的时候，橘瑞雪那个臭丫头已经牢牢地拽住了她的胳膊让她动弹不得了。

"小葵，你最近怎么了？为什么手机一直不开？我发的短信你看到了吗？"灼灼的目光牢牢地盯着女生略显慌乱和苍白的脸，索亦安一走到她的面前就问了一大堆的问题。

“我……我……我就是想让我们分开几天试试看嘛！我听别人说距离能增进感情，就试试了呗——”胡乱扯了一个借口将所有的问题都挡掉，玖稚葵边呵呵地笑着边想不着痕迹地将装着衣服的袋子往身后藏。

眼尖的橘瑞雪察觉到了玖稚葵这个细微的小动作后嘴角露出了狡黠的笑，猛地一把抢过她手中的袋子。

“嘿嘿——瞧你那鬼鬼祟祟的样子，是不是这个袋子里装了什么见不得人的东西啊？该不会是你红杏出墙的证据吧？”

“你在胡说些什么啊？！谁红杏出墙了？！喂！袋子还我！”这死丫头还真是烦人啊！长一张SD娃娃脸很了不起吗？不过……哼哼……也怪不得她长一张SD娃娃的脸，SD娃娃不是没有思想的嘛！所以这女人也才会像SD娃娃一样做出没大脑的举动来！

“不是的话干吗怕我抢？！”橘瑞雪贼贼地一笑，伸手就要去掏装在袋子里的东西。本来以为会从袋子里掏出一个脖子上挂着煽情情话卡片的娃娃的她，在拎出一件欧洲宫廷式礼服裙后彻底地傻了眼，尤其是在她随后拎出的那件男式礼服的时候，嘴巴更是张大得足以塞下一个地球。

“小葵，你……”将询问的眼神投向一旁气得浑身发抖的玖稚葵，少年眼里的疑惑犹如大雾一般弥漫开。

“好啦好啦！什么都不用干了！”嘴角抽搐地望着自己进行了一个星期马上就要施行的计划犹如被人针扎破的气球，“呼”一下全部泄露了秘密，女生赌气地一挥手，大声地直嚷嚷着。

“什么不干了？”被玖稚葵意义不明的话弄得一头雾水，从一开始就不知道发生了什么事的索亦安如坠雾里一般。

“都让你看见了还干什么干啊？真是气死我了！亏我还辛苦了那么久！”犀利的目光利箭般地射向依旧拎着礼服愣在原地的橘瑞雪：“你鸡婆什么啊你？我做什么事情关你什么事？要你这么帮我费心？好了——现在一切都搞砸了！你现在高兴了你？赶紧去开香槟庆祝吧歹毒

女！”

“我？我怎么你了？！”无缘无故挨了玖稚葵一顿骂，橘瑞雪的大小姐脾气也上来了，叉着腰摆出一副“本小姐今天就是和你杠上了”的架势。

“你你你你你——”抬起手点着橘瑞雪的额头一直戳戳戳，玖稚葵愤怒的眼睛里跳动着红色的火焰，仿佛随时都能喷出来将她烤焦，“我那么费心地为亦安准备生日的事，你这个局外人跑来瞎搞什么乱啊？你是不爽我和他在一起，所以才那么干的对吧？真没想到你长得人模人样的居然干这么龌龊卑鄙的事情，啧啧，你没救了你！”

将玖稚葵的话一字不漏全数地听进了耳朵里，索亦安脸上出现了哭笑不得的表情。原来这小丫头消失一个星期都是在为他准备生日啊，怪不得她总是神秘兮兮，一副藏着秘密不让人知道的样子呢。

“你说什么？！”被玖稚葵彻底激怒了的橘瑞雪头顶袅袅地冒着白烟，“你说我破坏你们的幸福？！”

“难道不是吗？！”比橘瑞雪更高的分贝响起。

“你！”

本想趁着橘瑞雪找不到话反击她时狠狠地打击她一番，可她嘴巴才刚张开就被索亦安拽住手臂拖到身边去了。

“好了不要吵了。”好笑地望了一眼如斗鸡一样的玖稚葵，索亦安出声制止这场争吵。

“我现在很气愤很气愤！不发泄的话我会死掉的！再说———”话锋一转，玖稚葵再次瞪了橘瑞雪一眼，“这个死丫头踩到了我的地雷，不将她炸个痛快怎么行？！”

“你自己偷偷摸摸的，像是做了见不得人的事一样，我怀疑你有什么不对？！”好不容易想到反击玖稚葵的话，橘瑞雪“哒哒哒”如机关枪一般瞄准了她就开始进行扫射。

“你有什么资格怀疑我？你是警察吗？你有搜查令吗？你不知道不经过他人的允许就乱翻别人的物品是犯法的吗？你这个法盲！”

眼看着这场战火有越烧越旺的趋势，索亦安赶紧从橘瑞雪的手里夺回那两个袋子，丢下一句冷冷的“你就少说点吧！没人要你多管闲事！”就半搂着还不停地用眼神朝着橘瑞雪发射毒镖的玖稚葵走了。

满肚子的委屈变成了眼泪哗啦啦地从眼睛里冒了出来，死死地盯着他们两个远去的背影，橘瑞雪咬紧的牙关都要咬出血来了。

索亦安，难道在你的眼里，我就连玖稚葵的一根头发都比不上吗？！

递给气呼呼的女生一瓶冰冻柠檬汁，索亦安伸出手将她散在脸颊边的发丝拢到耳朵的后面：“躲了我一个星期，就是为了策划我的生日吗？”

“本来是，但是现在没有了！”

“怎么会呢？”

“怎么不会？！”猛地吞下一口冰冻柠檬汁，玖稚葵哇哇大叫了起来，“我忍着被吊到十几二十米高的恐惧，都是为了赚够钱去买这两件礼服，然后和你在生日那天搞一个特别的公主和王子的童话剧。这些本来都要在你毫不知情的情况下进行的，可现在你全部都知道了，哪里还有什么惊喜可言了啊？！该死的……都怪橘瑞雪那个死丫头！下次看到她的话一定要让她吃不完兜着走！”

少年好看的唇因女生愤怒的坦白而染上轻浅的笑意，一圈又一圈地在脸上荡漾开去。

“谁说没有惊喜了？”淡淡地开口，索亦安的手抚上她的发。

“就是没有了！”女生赌气地叫道。

“我说有就有。”有着好看的脸部轮廓和纯黑发色的少年俯下身，柔软的嘴唇擦过女生白皙的脸颊，落下如羽毛般轻盈的一吻。

“你就是上帝赐予我的，生命中最大的惊喜。”

3.

“所以你一个星期来所努力的，就全部都白费了？！”嘴巴里“吱吱”地吸着水蜜桃汁的小桑，听了玖稚葵的哭诉后猛地瞪大了眼睛，差点儿没将水蜜桃汁给喷了出来。

“正是！”恨恨地将空饮料盒砸到了地上，眼底凶光一闪，女生的脚已经重重地踩上那个可怜的饮料盒子。

“吱——”被踩裂的饮料盒子冷不防溅了一些剩余的水蜜桃汁出来，而那么不幸的是，刚好走过校园小道的橘瑞雪恰被溅了一身。

“哎呀——”女生的尖叫声响起，慌忙地退开了两步，但制服上还是不可避免地沾上了那淡粉红色的液体。

“哇——粉红猪小妹！”本来打算道歉的玖稚葵一看见是橘瑞雪，歉意的表情马上成了幸灾乐祸。

“你！你！你说谁是粉红猪小妹啊！？”气得连指尖都颤抖了起来，挨了骂的女生憋得一脸青紫。

“很明显是在说你。”懒懒地看了眼睛直冒火的女生一眼，玖稚葵挽起了小桑的手，“走吧，小桑——看来我们真是不该来这儿呢！”

“为什么啊？！”没听出玖稚葵语气里的讽刺，小桑疑惑地追问道。

“因为这里是猪圈啊！猪圈是我们人类该来的地方吗？所以，撤退吧！”讲到“猪圈”两个字的时候，玖稚葵特地加重了语气，并且挑衅地白了橘瑞雪一眼。

哼！叫你坏我的事！以后还有得你受呢！

“别幼稚了你，玖稚葵。”橘瑞雪拔高的声音低缓了下来，语气里带着冷冷的平静，与刚才激动的她相差甚远。

“嗯哼？”她倒要好好听听这死丫头还能瞎掰出什么来。

“像你这种小孩子性格的女生，是不会抓得住亦安的心的。也许他现在会觉得你无理取闹的样子很可爱，但一旦时间长了，他便会对你厌倦的！”

“你凭什么一副很有信心的样子啊？我们会发展成什么样子，干你什么事？”

被玖稚葵无所谓的态度激怒了，橘瑞雪的额头上暴起一条跳动着的青筋："我是好心提醒你，免得有天你被甩了哭得水淹中国！"

"那我还真该好好谢谢你啊！"玖稚葵嘴角一抹讽刺的笑显得像钻石般夺目，"不过啊，就算我被甩了，你也不可能站到亦安的身边去的！所以啊，我劝你现在还是省着点心吧，免得到时候落单了哭得水淹中国。"满意地看着橘瑞雪的脸色因她的那番话由红转白，再由白转青，玖稚葵差点儿乐得要跳起了踢踏舞。

哼！跟她斗嘴？回深山老林修炼个几千年再回来找她吧！

"站住！"望着转身挽着小桑要走的玖稚葵，橘瑞雪捏紧拳头，扯开嗓门朝她们的背影大吼，"玖稚葵！我要和你决斗！"

站在游乐场里的"云霄飞车"下面，玖稚葵懒懒地打了一个呵欠："你该不会是兴致好到要请我坐云霄飞车吧？"

白了玖稚葵一眼，橘瑞雪缓缓地说道："如果你坐在云霄飞车上面，在云霄飞车开动着的时候在纸上顺利地写下"索亦安，我爱你"这六个字的话，那么我就彻底地认输，再也不介入你们的感情。"

哼哼，这可不是一项容易完成的工作啊！要知道，是坐在云霄飞车上面写字呢，估计没几个人能做到吧。

"你有病吗？玖稚葵望着她简直就像在看一个疯子，"亦安已经是我的男朋友了，为什么我还要受你的威胁？你这女人真是莫名其妙……"

"不敢的话就尽管说，别给我找借口！"

"懒得理你，小桑，我们走！"切！她还以为那丫头提出的是找个地方两个人单挑呢！原来神秘了半天是要她自己一个人像疯子一样坐那种像刹车坏掉的云霄飞车啊，这么吃亏的事情她才不干呢！

"难道你对亦安的喜欢就只是这样而已吗？他为你做了那么多的事情，而你却连一点事都不曾为他做过，你就是这样做他的女朋友的？！"

“我坐没坐云霄飞车跟喜欢不喜欢他有关系吗？！”这女人还真是有够会扯的……

“你不是很讨厌我吗？不是恨不得将我从你们的生活中剔除吗？你如果能做到我刚刚所说的，我保证无声地从你们的生活中离开。这难道和他没关系？”

“你会离开的对吧？”往前走的脚步停住，女生转过身，眼睛直直地盯着橘瑞雪漂亮的脸。

“什么？”

“如果我真的做到了，你就真的会退出我们的生活，再也不装神弄鬼了，对吧？”

“对。”玖稚葵这个死丫头说的是什么话啊？！装神弄鬼？她橘瑞雪什么时候对他们装神弄鬼了？

“这可是你说的话！”丢下这么一句话，从包包里掏出一张纸和一支笔，玖稚葵便迈开步子朝云霄飞车走去。

“你疯了你？！”小桑猛地扯住她的手臂，“你有轻微的恐高症啊！要把那丫头踢走还有许多的办法，何必非要答应她这个啊？”

“只是‘轻微’啦！所以，没事的！等着我华丽归来吧！”轻轻地拨开小桑扣在她手臂上的手，拍了拍她的肩膀一下表示让她放心，玖稚葵朝她做了一个‘V’字的手势，便迈向了从视觉上就让人受到不小冲击的云霄飞车。

其实……其实说不害怕是假的！可是，这一点儿的害怕跟她和索亦安以后的幸福比起来，就算不上什么了吧？

所以，克服困难，冲吧！

“小葵！别闹了！下来啊！”望着脸色稍微发白的玖稚葵坐上了云霄飞车，小桑急得在下面直跳脚。

“果然只是一块软豆腐，连云霄飞车都不敢坐，真够没用的。”抱着手臂站在一边的橘瑞雪冷哼道。

“闭嘴！”叉着腰换上凶恶的表情转向那个可恶的女生，小桑扯开嗓子对着她就是一顿乱吼，“如果你害她出了什么事的话，不但我饶不了你，索亦安也会饶不了你！”

“哈……那么，我就等着你们饶不了我好了。”小桑的后半句话让橘瑞雪的脸色变了变，但很快又恢复了平静的神色。

“该死的……”望了一眼已经开始快速飞转的云霄飞车，小桑气急败坏地从包包里拿出手机拨通了索亦安的手机号：“喂！索亦安！你现在马上来‘乐天游乐场’，不来的话你的老婆就要死掉了！”

对着手机大吼了一通，没等对方答话小桑就“啪”地合上了手机盖子，白了橘瑞雪一眼：“等着吧！索亦安来了的话，绝对绝对饶不了你的！”

是吗？

橘瑞雪扯动嘴角淡淡地一笑，不知道是得意的笑还是自嘲的笑。

自己只能靠这样的手段才能吸引自己所在乎的人的目光吗？长得漂亮家里有钱被很多人追求又怎么样？那些都不是她想要的啊！她不要做那些人心目中的公主！她只要做索亦安心里的公主！就算在全世界的人的眼里她是一个歹毒的女巫，只要能成为他心目中的公主，别人用什么目光看她，她根本就不在意！

可是……最终还是不能的吧？……连一点点的机会都没有了……无论她怎么样努力……她都已经没有机会了……

索亦安赶到游乐场的时候，玖稚葵也正好从云霄飞车上下来。一脸灰白地走到三人的面前，还没开口说话玖稚葵就猛地弯下腰哇哇大吐了起来。

“小葵！”修长的手紧紧地扶住摇摇晃晃的女生，索亦安以犀利的目光望向呆站在一旁的橘瑞雪，语气显得是前所未有地冰冷：“这就是你吗？橘瑞雪，为了达到目的不择手段，这就是你的本性吗？”

呆呆地望着小心翼翼地将吐得天昏地暗最终还昏了过去的女生背到背上的索亦安，橘瑞雪脑海里反复播放着那句冰冷而决绝的话——

“这就是你吗？橘瑞雪，为了达到目的不择手段，这就是你的本性吗？”心狠狠地疼痛了起来，视线里索亦安背着玖稚葵的背影越来越远，最后竟与她拉成了遥不可及的距离，没来由的恐慌袭上女生的心头，多日来假装的坚强被恐慌冲破，泪水忽然就汹涌如潮。

“索亦安……对不起对不起……我那样做……会那样不择手段……都是因为你啊！都是因为你啊！”

4.

哒——

意识恢复过来的玖稚葵轻轻地睁开了右眼溜了一圈，初步确定她现在躺着的地方是医院之后，又缓缓地睁开了左眼。

“你是笨蛋吗？”温润却饱含怒气的声音从右侧传来，玖稚葵一侧头便看见了索亦安写满了担忧与愤怒的脸。

“我……”

“你为什么总是那么任性，不顾别人的感受？为什么只要你想做什么你就去做啊？难道你不知道你的举动会让爱你的人担心吗？小葵，你到底什么时候才能长大？”

小葵，你到底什么时候才能长大……

小葵，你到底什么时候才能长大？！

平缓的语气被女生咀嚼了几遍之后赫然变成了凶恶且不客气的声调，脑海里蓦地想起了橘瑞雪在学校小道上对她说过的话——

“像你这种小孩子性格的女生，是不会抓得住亦安的心的。也许他现在会觉得你无理取闹的样子很可爱，但一旦时间长了，他便会对你厌倦的！”

这句语气尖锐的话如同小小的电流穿过她的身体，女生瘦弱的肩膀微微地抖了一下，眼眶便遏制不住地红了起来。

生气地背转过身的索亦安忽然感觉到衬衣的衣摆被人扯了一下，女生脆弱低缓的声音飘进了他的耳里——

“对不起……我只是不喜欢我们之间还有别的人存在……还有，我也觉得我们的感情值得我这样去做啊……虽然很害怕……可是我觉得值得啊……”低低的哭声揉碎在断断续续的句子里，犹如一把尖利的匕首一下一下地划在男生的心上。轻叹了一口气，索亦安转身俯下身将轻轻抖动着的女生拥入怀里，用无奈又宠溺的语气哄着她：“别哭了……对不起，我不该那样说你的。”

“我下次再也不任性了，你一定要继续喜欢我……不能不喜欢……要越来越喜欢才行……”低到几乎听不见的声音从他怀里传来，女生的手紧紧地扯住他的衣领，为那些断断续续的句子画上句号的是微微响起的鼾声……

“好。”男生的眼神温柔得仿佛能滴出水来，他抬手轻轻地抚了抚已经彻底沉入香甜梦境的女生柔软的发，轻轻地将她的身子放平，让她躺回了病床上，小心翼翼地替她盖好了被子。温柔的目光掠过玖稚葵甜美得略显稚气的睡容，索亦安的脸部线条越发柔和，眼底闪现着晶亮的神采。

如果再早一点认识她的话，他们就能拥有更多美好的回忆了吧？

呵呵，沉溺在蜜恋中的人的想法总是那么的奇怪，总觉得两人之间相处的时间太少太少，恨不得十辈子之前两人就能认识，互相一直喜欢到天荒地老。

不过，也正是是因为这样，两人才更珍惜和喜欢对方吧？

望着索亦安修长的背影，一直站在病房外的小桑轻轻地掩上病房的门，将刚刚买回来的汤包提到自己眼前：“好啦！由我来将你们解决掉吧！”

第十二章 曲终人散去（番外Ⅱ）

被她绑在树枝上的装着她的心愿的许愿气球

轻轻地挣脱了细线的束缚

飘向了灰白色的天际……

1.

玖稚葵与索亦安所念的“圣亚利”中学一向有一个规定，就是每年六月的第二个星期都会放一整个星期的假让学生外出旅游。当然！不可能那么单纯地只是放假让你去玩。旅游的同时，每人要写一篇五千字左右的游记，回到学校后统一交给老师审批，学校会从每个年级里挑出最好的三篇，送到本市有名的《游乐园》杂志投稿。校长说，这样做是为了挖掘学生的写作才能，为文学界培养明日之星！

“放屁！”小桑听到广播通知下个星期放假去旅游的时候，青筋就突突地从头上暴了起来。

“我倒觉得很好。当然，如果不用写游记的话，那就更好了。”咬了一口巧克力，玖稚葵撑着下巴望向窗外的天空，嘴角露出甜甜的微笑。多好的天气，最适合去旅游了。特别是和恋人在一起，那感觉简直好到爆炸啊！

“唉——你是和男朋友一起去，当然很好啦！哪像我，每次都是要我爸妈陪着一起去，这个不能玩，那个不能吃。该死的！我宁愿呆在家里蒙头睡大觉！”

“你的人生就是如此无趣！”吞掉最后一口巧克力，玖稚葵双手撑着桌子站起了身，绕过挡在她面前的小桑朝教室门口走去。

走出教室往左转，目标是索亦安的教室。

可是她才刚转过头，就看见了一副美图——

背靠在栏杆上的男生穿着白衬衣，双臂打开扶着栏杆，犹如一只张开了翅膀的白色飞鸟。修长的腿随意地伸展着。从天际吹来的风撩起他散落在脸颊边的柔软黑发，露出了精致的侧脸轮廓和挺直的鼻子。从云层缝隙里落下来的阳光跳跃在那纤长浓密的睫毛上。长相本来就已经很出众，再加上身上散发出来的安静忧郁的气质，使得整个人更像钻石般璀璨夺目。

轻叹了一口气，女生完全被少年的俊美震慑住了。

和这样的一个人交往，应该是需要很大很大的勇气的吧？

不过好在虽然她什么都缺，唯独不缺的就是浑身的勇气！

“亦安！”

“嗯？小葵？”听见玖稚葵清脆的喊声，靠在栏杆上的索亦安浅笑着侧过头望向一脸兴奋的她。

“学校又要放假让我们去旅游啊——”期待的目光投向他，“我们一起去吗？”

“嗯，一起吧。去哪儿呢？”男生依旧是浅浅地笑。

“让我想想……”女生歪着头认真思考，几分钟后伸出手猛地打了一个响指，“去丽江怎么样？我听人家说，那里很好玩呢。”

“只要你喜欢就好。”

“哇！”兴奋地尖叫了一声，玖稚葵如同得到奖赏的小孩一般，抱住少年的胳膊猛摇了起来，“那就这样说定了喔——”

伸出手理了理女生额前被风吹乱的刘海，索亦安的嘴角露出宠溺的笑。

如果能一辈子都这样在她的身边，看着她如同公主般幸福地笑，那该有多好。

男生修长的手不自觉地握住了女生垂在身侧的手，与她十指相扣。那是恋人牵手的方式。

2.

“啊呀！”星期一，坐在火车站候车室里的时候，玖稚葵忽然像被针扎了似的尖叫了起来。

“怎么了？”关心的询问。

“我坐车的时候一定要吃乌梅的，可是我忘记买了。”女生一副可怜兮兮的语气。

无奈的光从男生的眼底跃过，他起身把背包放到她的身边：“我去买，你在这里等我。”

"好啊！记得多买几包！"望着男生修长的背影，玖稚葵乐得眼睛都眯了起来。有个体贴的男朋友就是好啊！她应该感谢上帝让她遇到了索亦安吧？

趁着索亦安去买乌梅还没有回来，玖稚葵从背包里掏出MP3听起了音乐。正听得兴起的时候，一个巨大的阴影罩住了她整个身体，下垂的视线看见了一双劣质皮鞋。

这是谁？她认识吗？

站在她面前的陌生男人示意她拿下耳塞，仿佛要跟她讲什么。

"什么事？"疑惑地望着那张陌生的面孔，玖稚葵拿下了耳塞。

把夹在食指与中指间的香烟放到嘴巴里猛地吸了一口吐出一个烟圈，陌生男人这才慢条斯理地对她说道："你男朋友说他忘记带钱包了，让你拿过去给他。"

"啊？这样子啊？好……"没质疑男人的话，玖稚葵信以为真地低下头去包里找钱包。没想到才刚拿出钱包，一阵晕眩便袭了过来，她的手几乎使不上力气。

"啪——"黑白猪图案的钱包从手里滑落到陌生男人的脚前，玖稚葵失去意识前唯一听见的就是陌生男人可怕而狰狞的笑声……接着她便坠向了无尽的黑暗……

"啊！混蛋！你居然向我下迷药！"

安康医院208号病房里突然响起一阵暴吼，闲闲地坐在办公室里看着杂志的医生一听见这不寻常的尖叫便提起听诊器朝208号病房赶了过去。

望着站在她五米开外一脸小心翼翼的医生，玖稚葵这才意识到自己进了医院。

"你……你躺回病床上去吧。我帮你检查一下……"生怕精神不好的她朝他扑过来，医生的话虽然说得一副很负责的样子，但脚步却没有挪近半步。

捂着依旧有些晕乎乎的脑袋，玖稚葵极力地回忆发生在医院之前的事。

好像是她和索亦安在火车站等火车……然后索亦安离开帮她买乌梅……接着，一个陌生的男人走过来跟她讲索亦安忘记带钱包了，还朝她吐了一个烟圈……

对！就是那个烟圈有问题！

该死的！那家伙是向她下迷药呢！

意识到陌生男子的动机后，玖稚葵恨恨地捏了捏拳头。转动脑袋扫视了病房一圈，愤怒中的女生这才发现索亦安不在房间里。

“医生，我是怎么进医院的？”应该是索亦安才对吧？那么，为什么他不跟在身边照顾自己呢？是出去买东西了吗？

“好像是火车站的工作人员吧。你是和一个受了伤的男孩子被一起送进来的。”听着女生平缓下来的语气，神经紧绷的医生终于放松了下来。看她刚刚大吼大叫的样子，他还以为她是神经病呢！

“什么？！受了伤的男孩子？！”玖稚葵的眼睛一瞪，失声尖叫了起来，随后跑到了医生的面前捏住他的肩膀猛地摇晃了起来，“他现在在哪？”

“207……号房……”被摇得头都昏掉了的医生断断续续地吐出这么一句话。

被捏得紧紧的肩膀忽然得到了自由，医生都还没来得及开口说些什么，就看见女生赤着脚跑出了房间，摔上了房间门。

因为医院的地板是用大理石铺成的，所以赤足踩在上面的时候会有一股凉意从脚心一直传遍全身，起了全身的鸡皮疙瘩不停地用手去抚也抚不平。不过，玖稚葵在此时已经感觉不到冷了，尽管她是赤着足站在地上的。

颤抖的目光一一滑过躺在床上的男生的眉眼、青肿的脸、缠了绷带的左手以及缠了绷带的左腿。绷带上甚至有暗红色的液体渗透出来，仿佛是开在雪地里不知名的花。

明明是那么黯淡的颜色……为什么还是会刺痛她的眼睛呢?

嘴唇在那一瞬间褪尽了颜色，女生被胸腔里汹涌的惊慌挤压得甚至连呼吸都困难万分。

很轻很轻地走到男生的病床边，手都还没有碰上男生的脸，哭声就如冲破堤坝的洪水汹涌而出。

“呜呜呜——亦安，你怎么会变成这样子了……我们不是要去丽江玩的么？为什么你躺在这儿不说话……我们要错过火车了……你快点起来……快点起来啊……呜呜呜……”在病床前蹲下，女生把头靠在床的边沿，冰凉的手紧紧地握着男生的手，仿佛怕一松手他就凭空消失一样。

“傻瓜，哭什么，我没事。”虚弱的声音响起，带着浅浅的笑意。

惊愕地抬起头，女生蓄满泪水的眼睛迎上了男生墨黑色好看的眼眸，玖稚葵无色的嘴唇抖动了两下，发出更响亮的哭声。

“我以为……我以为你死掉了！吓死我了！你怎么会弄成这样子？怎么受伤了呢？你不是去帮我买乌梅了吗？”

“还说。”索亦安伸出没有受伤的右手在女生光洁的额头上弹了一下，“我买了乌梅回来的时候看见一个陌生的男人正拖着你和我们的旅行包要走，心里微微想了一下，知道是发生了什么事之后就跟他打了起来，结果就这样了。”

“可恶！”玖稚葵恨恨地捶了一下床，“他居然骗我说你忘记带钱包了，让我拿去给你呢！结果是大骗子！真该把那家伙丢到油锅里去煎一千一万遍！”

“如果真的是忘记带钱包了，那么也应该是我回来拿而不是让你去送啊。”真是要被这小丫头的单纯给打败了，索亦安露出苦笑。

“对啊。”女生恍然大悟的表情让男生更加无奈了。如果他以后不在她的身边了，那她要怎么办呢?

“那你有没有觉得哪里痛或者不舒服？要不要叫医生过来帮你看一下？”目光回到男生扎着的渗血的绷带上，玖稚葵的声音里依旧带着颤抖。

“没有，不要紧。”手抚上女生苍白无血色的脸，“你呢？送进医院的时候你还是昏迷着的呢，现在有没有好一点儿？还是回床上躺着休息吧。”

“我不要紧啊，已经恢复了呢。倒是你，赶紧休息吧，受了那么重的伤，肯定很痛……”

“没……一点儿都不痛。”

“骗人吧你！要真是不痛的话那么我也扎自己两刀来试试。”

无奈的表情又挂上男生的脸：“小葵你真是一个傻瓜。”

“好可惜，不能去丽江了呢。”搬过一张椅子在病床的旁边坐了下来，玖稚葵边玩着手指边失望地说道。

“不然，”躺在床上的漂亮少年望向她，“你和家人一起去吧。”

“那怎么行！不跟你去的话，那还有什么意思！”

“对不起。”

索亦安的道歉让女生缩了缩脖子，心里直发虚，从脸颊到耳根全红成了粉嫩嫩的一片：“该说对不起的是我。如果不是我愚笨被骗，你也不会受伤了。”

“不要再说了，谁也不想事情发展成这个样子的不是吗？”

“所以！”双手合十“啪”的一声，玖稚葵朝着索亦安露出了灿烂无比的微笑，“在你住院的期间，就让我这个女朋友好好地照顾你吧！想吃什么想玩什么尽管说——只要我能做到的，保证都能满足你！”

看着女生挤眉弄眼的俏皮相，一向恬静的男生也禁不住“扑哧”笑出声了，眼底盛满了甜蜜与爱恋。

“好啊，那么我还真是该庆幸我这次受了伤呢，不然不是享受不到你的照顾了？”心情大好的男生也学着她开起了玩笑。

“胡说八道什么啊！你应该说！快点儿好起来才对！真是笨蛋……”

看着玖稚葵假装生气地一只手叉腰一只手伸到他的面前握住他的下巴，硬是要他吐过口水重新把话讲一遍，索亦安就忍不住想笑。

他真的很想认真地问她一次，为什么她总是一副笨笨的样子啊！不过，估计这话还没问出口他就被她追杀到九条街之外了吧？

而且，虽然她笨笨的，却笨得很可爱呢！并且可爱到让他这辈子哪儿也不想去，就这么安安静静地呆在她的身边，永远守护着她……

3.

“说的永远比做的容易。”这句话在玖稚葵下定决心要照顾好索亦安的第二天便得到了证实。

舀起一勺颜色诡异的“汤”，小心翼翼地放到鼻子下面闻了闻，女生这才把那勺汤送进了嘴巴里。

不过，那勺汤在女生的口腔里停留了还不到一秒钟的时间便被全数喷了出来：“噗！天啦！难喝死了！这都什么怪味道啊？！”

叹着气将那锅“营养汤”倒进了垃圾桶里，玖稚葵脸上露出了败兴的神色。

唉！怎么以前就没有发现原来自己那么笨呢？连一锅小小的汤都煮不好，还大言不惭地说要尽女朋友的本分好好地照顾他呢！结果……汤没有煮好，毒药她倒学会怎么配了……

烦恼地挠了挠后脑勺，女生重重地靠在了碗橱上。

现在到底该怎么办呢？妈妈去了外婆家没办法帮她，而她又不好意思开口麻烦隔壁家的阿姨……难不成要在快餐店买例汤给他喝吗？傻子都知道外面卖的汤是不适合病人喝的啦！哎呀呀——这到底该怎么办才好啊？

正苦恼着的时候，玖稚葵眼前一亮：“对了！小桑！小桑的妈妈最会做吃的了！”这个想法一冒头，玖稚葵就赶紧冲到了电话旁边拿起听筒，“嘟嘟”声响起的时候她才又想到了这么一个问题——

她们会不会已经去旅游了啊？！

哎呀算了算了不管了，先碰碰运气再说吧！

“喂，你好，请问找哪位？”冗长的“嘟嘟”终于被截断，听筒那边传来了小桑的天籁般的音！

"哇啊——"没想到小桑居然在家，玖稚葵激动得差点儿抱着听筒泪流满面了。

"小葵，你这个臭丫头！真是……你这个万年不变的破声音我就是聋了也能够听得出来！"

"小桑，你在家真是太好了……你妈妈在家吗？"

"在看《浪漫满屋》啦！真是的，都几十岁的人了，还整天看着那些韩剧做绯色的少女梦，真受不了她……"

"在家？太好了！麻烦你告诉你妈妈，让她千万千万不要出去，我十分钟后到你家！"

"啊？你要干……"小桑的"吗"字还卡在喉咙里，玖稚葵就已经丢下一句"就这样我先挂了拜拜"，然后"喀哒"挂断了电话。

"这丫头……又想搞什么花样啊？"小桑一个人傻乎乎地拿着已经传来忙音的听筒，呆愣愣地站在那儿搞不清楚到底发生了什么事。

急急忙忙地出了家门跑到超市里挑了几样熬汤用的食料，玖稚葵以17年来前所未有的速度赶到了小桑的家里。在小桑莫名其妙的目光下，她缠着小桑的妈妈教她熬出了一锅极有营养的鸡汤，才笑容满面地拎着花了她三个小时心血熬制成的爱心鸡汤风风火火地赶向了安康医院。

不知道索亦安看到她用心为他熬的鸡汤的时候，会是什么样的表情呢？肯定会开心得当场疯掉吧？说不定他一喝完这锅盛满了她的爱心的鸡汤后，马上就生龙活虎起来了呢！

紧了紧拎着汤盒的手指，站在207号病房门口的玖稚葵咧出一个大大的微笑，然后扭开门把推门进去——

望着站在病床边的那个纤细熟悉的身影，玖稚葵唇边那朵灿烂的微笑瞬间被从心底蹿上来的怒火烧了个精光。

居然是橘瑞雪！她怎么会在这里？！

"小葵。"一直面向窗外的少年听见开门的声响后将脸转了回来，阴郁的神色终于平缓了一些。

"好一点儿了吗？我给你做了鸡汤呢——"拎高手中的汤盒朝床上

的少年笑着，玖稚葵强压下心中对橘瑞雪的反感，走到了病床旁边的桌子前，将还冒着热气的鸡汤倒在碗里端到少年的面前。

“我……”感受到房间内两人对她明显的排斥，橘瑞雪的嘴角蠕动了一下，最终还是什么都没说，缓缓地转过身走出了病房。直到“哒”的关门声响起，病房里凝滞的气氛才被打破。

“她怎么会在这里？”女生漫不经心地问道，其实指尖紧张得直发抖。

“不知道。我醒来的时候就已经看见她了。”慢慢地喝着温热的汤，男生心里百味陈杂。虽然不喜欢橘瑞雪平时的处事方式，但他知道她是一个心地很好的女孩子，只是感情太过强烈了，占有欲太大，让人承受不住而已。其实他很愿意和她成为好朋友，只是，她有可能将她当成好朋友吗？这个问题，早在他与玖稚葵交往之前就有了答案——

“该死的！我不要和你做好朋友！我是没有好朋友还是怎样？需要你这样来委婉地拒绝我？做不成恋人的话，就做敌人吧！我们之间绝对不可能存在好朋友那种感情的！”

“那么就做敌人吧。”索亦安还记得当时丢给哭得昏天黑地的她这样冷冷的一句话。

“算了不讲她了！汤好喝么？我可是很用心很用心地熬的啊！”凑在他面前的是一双蓄满了期待的清澈眼睛。

“很好喝。”

得到肯定答案的女生眼里瞬间迸射出七彩流光，整张脸都亮了起来。

“以后也要熬汤给我喝，好么？”索亦安的眼神柔软若柳絮，连声音也温柔得仿佛轻盈的云。

“好啊！”女生伸出手在他依旧缠着绷带的左手上轻抚了一下，眼神小心翼翼地望向他，“还痛吗？”

“没事了，你不用担心，医生说这两天就可以出院了。”

“真的吗？”玖稚葵又雀跃了起来，“虽然不能去丽江……但我们还可以玩别的什么啊。”

“嗯？”

“等你出院了我们去海边拾贝壳吧！把拾来的贝壳做成世界上独一无二的情侣贝壳项链，你一条，我一条。”撑着下巴，女生的脑袋里开始出现浪漫的海景画面。

“好。只要你开心就好。”男生的声音里是明显的宠溺。

虽然走出了病房却一直站在门边没走的橘瑞雪听见屋内男生温柔的声音后，悬在眼角的眼泪重重地砸在了冰凉的地板上。

索亦安，为什么对我你就如此狠得下心？为什么……天使般的你，竟然吝啬到连一个微笑一声问候都不肯给我？难道你一点儿看不见我对你的好么？为什么要一次又一次地将我推远？把我推向绝望的边缘？！

或许……他真的就只是……玖稚葵一个人的天使吧。

靠在门边低声抽泣着的女生，听见房间内响起的声音：“我去给你买一些水果吧，奇异果可是很好吃的啊。”她抹干眼角的泪痕匆匆地转身离开了。

拎着从水果摊上买回来的奇异果，玖稚葵满脸疑惑地站在一棵绑满了气球的大树下，看着一个中年妇女手里拿着气球吃力地从梯子上爬到树上，将气球绑在树枝上之后才带着一脸的满足爬了下来。

“阿姨，能不能问一下，将气球绑在树上是什么意思啊？”玖稚葵走到那个阿姨的身边，疑惑地问道。

“哦，你说这个啊？”中年妇女抬手指了指树，“这是很灵验的许愿树啊。你将心愿写在一张小纸条上放进气球里面，打上氢气后将气球绑到树上，这样天上的神明就可以看到你的心愿啦。”

“哇……真的会灵验吗？”女生的脸上流露出惊讶的神色。

“当然啦！我邻居王大妈去年在许愿树上许了个愿，说是保佑她儿子考上研究生，结果今年就考上了呢！”阿姨一副“你不信是你吃亏”的表情。

“噢，我明白了，谢谢你啊阿姨。”向那位热心的阿姨道过谢，玖稚葵将水果放到了一边，兴冲冲地向在许愿树底下摆摊子的老婆婆买了一张许愿用的小纸条和许愿专用笔（这是坑人的吧？），歪着头想了一会儿之后在那张粉蓝色的小纸条上写下了“希望玖稚葵能和索亦安永远在一起”这么一句话。

手上捏着塞了纸条的气球，玖稚葵深吸了一口气之后一鼓作气踩梯子爬到树上，手脚利索地将气球绑在了一根树枝上，这才抚着咚咚直跳的胸口从树上爬了下来。将放在一边的水果拎回在手里，女生站在树下盯着那个属于自己和索亦安的许愿气球看了一会儿，才转身离开。

听那个阿姨说，这棵许愿树是很灵验的呢！她的愿望肯定会实现的吧？嗯。一定会的。

但遗憾的是，玖稚葵并不知道，在她拐弯消失之后，被她绑在树枝上的许愿气球，轻轻地挣脱了细线的束缚，飘向了灰白色的天际……

一切……仿佛梦魇……

4.

被医院里难闻的消毒水味荼毒了三天，和索亦安一起走出医院大门的时候，玖稚葵兴奋得都要从地上飞起来了。紧紧地挽着索亦安的手臂，玖稚葵深深地吸了一口气，又全部呼了出来：“哇！果然还是外面的空气新鲜啊！”

索亦安听了她的话后宠溺地揉揉女生的头发，不禁失笑。住院的是他吧？怎么听她的语气，好像住院的人是她啊？

“去海边吧。”望着女生神采飞扬的脸，男生语气淡淡地提议道。

“才刚出院就去海边，不如回家休息吧？”虽然对他的提议很感兴趣，但玖稚葵更担心的是他的身体。

“没关系的，去海边呼吸一下新鲜空气会对身体更好吧？”不想扫她的兴致，所以即使身体还是感到微微的不适，索亦安还是强撑起笑容做出一副健康阳光的样子。

“呃……听起来好像也蛮有道理的样子。那好吧——我们去海边！”

在医院的门口拦了一辆计程车，两人的脸上都带着幸福而恬淡的微笑坐了进去。

如果玖稚葵知道，那辆载着他们去往海边的车，最后会将索亦安彻底带离她的生命，她无论如何也不可能还那么开心地拉着他的手跳上车的。可惜，这个世界上从来都没有可以从头再来的事。

从来，没有。

也许是太久没去过海边了，从一坐上计程车玖稚葵就开始叽叽喳喳地说个不停，从家里的事到学校的八卦，总之所有能搜刮出来的话题全被她说了一遍，最后还很KUSO地跟一直淡淡地笑着听她讲话的索亦安讲起了她从网上看来的冷笑话。

“从前有颗软糖在路上走着走着……”

玖稚葵那个关于“软糖”的冷笑话中断在女计程车司机的尖叫声中。计程车尖锐的刹车声让她的身子颤抖了一下，视网膜里清晰地映着那辆载满货物的大货车以飞快的速度朝着她和索亦安坐着的计程车开来！她甚至都还反应不过来发生了什么事。她只知道，当一声车辆相撞的巨响在她的耳边炸开的时候，她被索亦安紧紧地拥进了怀里。索亦安让人安心的温柔话语在她的身边柔柔地响起，然后，她只感到头被什么重重地砸了一下，后脑勺一阵尖锐的疼痛伸延到四肢的时候，铺天盖地的黑暗便汹涌而来了……

亦安……你在哪里?

在哪里呢?

我好害怕……真的……很害怕……

为什么不牵着我的手呢?为什么……让我自己一个人在黑暗里?

为什么……为什么……

黑暗中，她什么也看不到，只是觉得自己的身体在飘浮着，不知道要飘向哪儿。周围一点儿光芒也没有……身边是大片大片的虚无，她开始感到害怕，下意识地伸手去捏索亦安的手，却只是抓到了一把空气……

她清醒的意识，便在这里画上了句号……

5.

“各位观众，现在记者所在的位置正是刚刚发生交通事故的地点——”

电视画面上，一辆计程车与一辆大货车撞在一起，巨大的冲力将那辆计程车撞翻摔出十几米远，坐在驾驶座里的女司机当场死亡。而从车内滚出来的两名乘客，也都身负重伤。

据目击者说，当时那个男乘客是还有意识的。尽管身上已经染满了鲜血，他却依然奋力地朝昏倒在他身边两米外的女生挪去，伸出已经被鲜血模糊了的右手，紧紧地抓住了女生的左手……

但是，也许是伤得太严重了，握手的姿势只持续了不到两分钟的时间，男生的身体便软软地伏倒在地上，抓着女生的手也无力地慢慢垂下……现场，是一片妖艳刺目的鲜红色。

而他们十指紧扣着的手，也在男生力气尽失的那一刻，松散开来……

温暖骤然流失，掌心瞬间被冰凉的空虚充满，伏在地上动弹不得的玖稚葵微微地动了动眼皮，被身子压着的手竭力地伸着想要抓住男生的手，却无能为力。

黑暗再次席卷了她，即将要失去意识的时候，一个低沉又悠远的声音在她的耳边响起，仿佛呓语——

会保护你……会保护你的……就算没有了生命……也……依然……守护你……一直一直……到永远……